空山横

讲演集,关于文学
关于人

李敬泽 / 著

译林出版社

目 录

跑步、文学、鹅掌楸 ……(1)…… 1
在《南方周末》N-TALK 文学之夜上

隔与不隔,如果杜甫有手机 ……(2)…… 17
在腾云峰会上

北京雨燕以及行者 ……(3)…… 29
对理想作家的比喻,在北京"十月文学之夜"上的演讲及延伸

做一个满怀敬畏的"述者" ……(4)…… 53
在"凤凰文学之夜"上

语言主权与作者的存亡 ……(5)…… 63
关于超级 AI,自"凤凰文学之夜"开始

作为哪吒的文学 ……(6)…… 83
在《收获》APP"无界写作大赛"启动仪式上

人与自然、人民与生态 ……(7)…… 93
在《收获》生态文学论坛和《诗刊》自然诗歌论坛上

"打工"与"壁橱" ……(8)…… 111
在东莞"打工文学"高峰论坛上

那座跳伞塔，它还在吗？ ⋯⋯⋯⋯(9)⋯⋯ 129
在河北大学莲池文学周开幕式上

黄鹤去哪儿了？ ⋯⋯⋯⋯⋯⋯⋯(10)⋯⋯ 143
在2023武汉文学季开幕式上

有机村庄与点灯 ⋯⋯⋯⋯⋯⋯⋯(11)⋯⋯ 153
在首届丝绸之路木垒菜籽沟乡村文学艺术奖颁奖仪式上

我们都爱汪曾祺 ⋯⋯⋯⋯⋯⋯⋯(12)⋯⋯ 161
在《汪曾祺别集》发布会上

为小说申辩 ⋯⋯⋯⋯⋯⋯⋯⋯⋯(13)⋯⋯ 167
在万通读书会上

请给鲁迅先生做个访谈 ⋯⋯⋯⋯(14)⋯⋯ 187
在"巴黎评论·作家访谈"系列图书研讨会上

北大人的"旗杆" ⋯⋯⋯⋯⋯⋯⋯(15)⋯⋯ 197
在北大中文系2017年毕业典礼上

听"空山" ⋯⋯⋯⋯⋯⋯⋯⋯⋯⋯(16)⋯⋯ 205
一次想象的讲演

跋 ⋯⋯⋯⋯⋯⋯⋯⋯⋯⋯⋯⋯⋯⋯⋯⋯ 223

空山横

跑步、文学、鹅掌楸

(1)

在《南方周末》N-TALK 文学之夜上

那天，我在奥林匹克森林公园的北园跑步，回来的路上，收到了《南方周末》编辑的微信，说救命啊李老师，再不给题目就来不及了。他要的就是今天晚上演讲的题目。从奥森东门出来，有一座过街天桥，看到这条微信的时候，我正好站在桥上。题目是没有的，脑子空空荡荡，抬眼一望，看见了那三棵树，用鲁迅的笔法，左边那棵是鹅掌楸，右边那棵是鹅掌楸，中间那棵还是鹅掌楸。

鹅掌楸不知大家是否认识，我估计不认识。非常漂亮的树，高大，大概有十五六米高，这说的是我眼前的三棵树。实际上鹅掌楸最高能长到四十多米，年轻的时候，从零岁到二十岁，它长得比较慢，最多长到十几米吧；二十岁以后，它就放飞自我了，它就开始拼命长，拼命跑，很快就能长到三十米、四十米。我要是这样一棵树，那就麻烦了，年过半百还得天天买新衣服，因为我还天天长个儿呢。

那天我跑步回来,就站在那儿,看着鹅掌楸,叶子黄了,金灿灿的好树。背后有人追着要题目,走投无路,想起古人结社吟诗、出题限韵,也不过是撞上什么是什么;大观园里起诗社,李纨在来的路上看见他们抬进两盆白海棠,倒是好花,"何不就咏起他来?"。于是,我也现场报了个题目去,就叫作《跑步、文学、鹅掌楸》。

显而易见,到那时为止,我还不知道今天要说什么。而且从那时到现在,年底了,俗务成堆,日子过得狼烟四起,也一直没顾上细想。但是,我也并不为此焦虑,会有的,站到这儿就会有的。我的高考距今四十年了,我是1980年的考生,我忘了我的作文分数是多少了,我要说是满分吧,有可能是吹牛,但是分数肯定不低,因为我喜欢做命题作文。"跑步"和"鹅掌楸"都是撞上的,是不讲道理就命了题。人生如逆旅,谁知会撞上什么,命题作文就是人生,我们一生就是得没完没了地去回答生活提出的那些题目。那些题目，常常是没道理、没逻辑，风马牛不相及，事先也不跟你商量。不过不要紧，我们现在试试看，能不能把风马牛不相及的事，说成一件事，做成一篇文章。

首先，隆重地向大家推荐鹅掌楸，非常挺拔、非常帅的一种树，它的叶子如同鹅掌——大家应该都见过鹅掌，没见过鹅掌，至少也吃过芥末鸭掌，鹅掌比鸭掌大一些。这个叶子也很像清朝人穿的马褂，所以这个树的名字又叫"马褂木"。深秋时节，叶子黄了，恶俗的联想就是一树的黄马褂哗啷啷响。它的花很美，像郁金香。花落之后结果，果实像什么呢？像秋葵。

就是这样的三棵树，长在道路中间铁栏围起的绿地上，两边都是车行道，所以人过不去，只可远观，不可亵玩。每次跑完步，我都要在天桥上看它们一会儿。这是从白垩纪留下来的树，侏罗纪之后就是白垩纪，那是一亿四千五百万年到六千六百万年前。那时候地球上霸王龙、地震龙横行，天上飞的不是鸟，天上飞的是翼龙，没有什么迹象表明今后会出现一种动物叫人类。那时候这树就已经长在地球上，然后它就这样一直长着，长到了现在，还长到了奥森公园的东门外。为了证明我说的不是假话，大家可以坐上北京公交快3，从昌平向南，在仰山桥站下来，抬头望望那三棵非常漂亮的树。

鹅掌楸从白垩纪长到现在，不小心就碰上了人类。人要盖房子、打家具，楸木轻而硬，据说打了衣柜绝对不生虫。于是，它就成了国家二级保护植物。话说到这儿，文章要做下去，我显然就应该好好说说鹅掌楸的可怜和人类的贪婪，为了地球，为了我们共同的家园，我们要好好保护鹅掌楸。

但是，我忽然想起一位古地质学家的话，现在地球正在变暖，我们大家忧心忡忡，善良的人们喊出了口号，要拯救地球。这个没问题啊，大家都觉得很正确。但是这位古地质学家冷笑着说："想什么呢你们，地球根本不需要你们拯救，在地球四十六亿年的历史上，温度比现在高的时候多的是，二氧化碳浓度比现在高得多的时候，也多的是，但地球还是地球。所以，地球没问题，不用你替它操心。问题的实质是，必须拯救人类。在可预见的未来，地球会一直在，而人类是不是还在，那可说不定。"

地质学家所笑的，是我们人类特有的这么一种思维惯性和话语惯性，明明是我们撞上问题了，明明是我们快过不下去了，我们却说我们要英勇地、无私地拯救地球。这种惯性要用一个词来概括，就是"傲慢"，一种自我中心的傲慢。

现在，面对着鹅掌楸，我们当然要拯救它，人世上、地球上应该有如此好树。但是，站在鹅掌楸那边想，它已经存在了一亿六千万年，以它的尺度而言，人类的存在只是几秒钟的时间，它其实远比人类更知道如何在这个无情的地球上生存下去；而一个人，除了为它分类命名，除了琢磨怎么砍了它做家具，除了欣赏它的叶与花然后写诗写小作文，除了拯救它、保护它，其实还有另外一件事可做，就是意识到我只是它面前风吹过的一粒微尘；作为有智慧的微尘，我要在这缕风中想象，我不是我，我就是这棵永恒的树。

终于要说到文学了，我不能在"文学之夜"一直谈论植物。我的问题是，当我们谈论文学时，是否有另外一种可能，能不能想象一种"无我"的文学，在这样一种文学中，我可能成为一棵鹅掌楸，成为这棵树上的一片叶子。

这看上去似乎是不可能的。就在刚才这段话里，我已经说了一串的"我"，所以怎么可能"无我"？这个第一人称代词几乎是人之为人的第一条件，当一个人科动物站在一棵鹅掌楸下，说出"我"这个词的时候，他就成为一个人了，他就把自己从自然中区别出来了，鹅掌楸就要倒霉了，它迟早会变成珍稀濒危植物。这个话题几个晚上也讲不完，今天晚上的主题是"文学"，那么现在，让我们在场的所有人想一想文学中的"我"，想一想我们是否可以把"我"这个词从文学中去掉——似乎是不可能的。任何一堂文学课都会从"我"出发，再归结到"我"，很大程度上，我们理解的文学就是作者的独一无二的"我"与读者独一无二的"我"的遭遇和映照。

以上所说的,是一种现代思路,是今天的人的想法。今人古人常不相通,据说人和香蕉的基因差异只有百分之四十到五十,而从精神或思想上看,我们与古人的差异可能比我们和一根香蕉的差异大得多。古人当然有"我",但是这个"我"只是他的出发之地,这个"我"甚至不是他的坐标点;就像一个人走在大地上、荒野中,他知道他没法把自己当坐标,他必须抬头看太阳,认北斗,太阳和星辰指引我们。如果只看自己,那他肯定迷路了,被狼吃掉。所以,我们能不能想象另外一种文学,在这种文学中,"我"是必须克服的。我们的写作与阅读,不是为了求证"我"的"在",而是通过"我"的"不在"来体认"在"。在这样一种文学中,"我"不是"我","我"是"你"或者"他",是山上一块石头,一只飞鸟,一棵鹅掌楸,"我"可以进入天地间的万事万物。由此,"我"把自己交给了更大的坐标,交给了地球或者星辰。

这是可能的吗？我觉得这是可能的。甚至在我看来，这是文学最根本、最深邃的一重意义。故事、虚构与诗，它们在人类生活中的深刻意义就在于它可以短暂地让人们放弃这个有限的"我"，进入某种无限的事物。当我们的祖先说出"我"这个词，他成为了人。但是，当他有一天说，"我是那棵树"，"我是那匹狼、那只鸟、那颗星星"时，他就是否定了"我"，在这个伟大的否定中开辟了文明。

但是这谈何容易啊。有人类以后，肯定是过了很多很多年才有人想到这件事；忽然有一天，这个人说："我不是我，我是一只黑色的鸟，是你们的祖宗。"于是一群人惊呆了，说："是啊是啊，你是巫啊你是王！"夏、商、周，夏说不清，商的王肯定同时是通天彻地的大巫。

所以，"无我"的文学，这很难，非常难。现代以来的陈词滥调，大家听文学课，必说一定要有"我"，你们要努力啊，找到你的那个"我"。其实，哪用找啊，我们这个"我"是一定在的，所谓"我心",它就在心里,是我们身上最顽固的东西。所以,道家从老子开始,就讲要虚心,要放空,"致虚极,守静笃。万物并作,吾以观复"。到了禅宗,第一要义就是"心如明镜台"。宋明理学以降,反反复复讲空心、白心,把心放空,把心洗干净。到王阳明,"此花不在你心外",此心宇宙,至大无外。这么多道士、和尚、儒生整天念叨这事儿,说明什么呢?说明这事儿太难了,克服这个"我",超越这个"我",用一个学术热词,叫"超克"这个"我",进而获得这个世界,这太难了。

那怎么办呢?下面就该说到跑步了。我当然不比先贤们、那些高僧大德们更高明,我只有一个笨得要死的办法,就是跑步。一开始我就说到我在跑步,已经跑了三年多了。跑步与文学有什么关系?我想来想去,好像也没有什么有关跑步的重要文学作品,《水浒传》里有个神行太保戴宗,那是懒人想出来的办法,跑步太辛苦,腿上绑个符相当于发动机。孙悟空一个筋斗十万八千里，那更是连走路都懒得走。徐则臣写过一篇小说叫《跑步穿过中关村》，但我知道徐则臣是不跑步的，他是一个宅男。跑步的作家，据我所知中国的只有刘震云，外国的只有村上春树，他们都比我跑得快、跑得远。

每次和朋友们谈到跑步，照例会有两个问题提出来，一个是膝盖，忧心忡忡：膝盖啊膝盖，小心把膝盖跑坏。确实有此危险，但是我想了想，我这副膝盖如果不跑坏的话，到了七十或者八十岁的时候，它自然也会坏。我也没打算把膝盖留着当传家宝，趁着它还能用，就赶紧用吧。然后第二个问题就是，跑步太枯燥。很多人说因为枯燥，所以不跑。

这么说的朋友，他真没有好好跑，凡是真正跑步的人都知道，一点都不枯燥。每天跑步的时候，都是自己在身体里、心里上演一场激昂、复杂的大戏。前边的三公里、四公里，那个"我"，盘踞在懒惰肉身中的那个"我"，还在充分起作用。"我"很累，"我"的身体多么沉重，"我"

跑步的姿势是不是正确，旁边过去的那个人怎么跑得那么轻松。跑还是不跑？这是个要命的问题，厄普代克写过一部小说《兔子，跑吧》，我又不是兔子我为什么要跑？哎呀，你想的事多了去了。这个时候，你必须和自己作斗争，你必须镇压自己，那个"我"就是你的敌人，那个奔跑的你，就是要甩开盘踞在你身上的虎狼，你拼命跑。终于，你披襟当风了，澄怀静虑了，你只有一个念头，就是跑，然后你就越跑越轻松了。跑到六公里、七公里之后，你知道那个"我"不在你身体里了，你把它卸载掉了，你轻了，你空了，你停不下来，多巴胺、内啡肽如风，风劲马蹄轻，所向无空阔，你都不是你了。

所以就我的体验来说，跑步是一个去掉"我"的好办法。一个写作者或者一个阅读者，如果我们能像跑步那样，把自己彻底交出去，从有限的、顽固的肉身中的那个"我"跑出去，这个时候你可能会觉得至大无外，会觉得这个世界如此清新饱满、进出无碍。

——我的时间好像到了，但是我还只说了跑步与文学的关系、鹅掌楸与文学的关系，我还没说鹅掌楸与跑步有什么关系，这个圈儿还没有画圆。鹅掌楸与跑步也有关系，我用五分钟简单说一下。

鹅掌楸是一种南方的树，生长在秦岭以南的山地。南方的树，很难在北京生长，那么为什么三棵鹅掌楸会出现在仰山桥边？后来我发现此事真不是偶然。我查了一下，2008年奥运会的时候，为了在奥林匹克森林公园周围营造美妙的景观，风马牛不相及也要让它及，把中国南方的鹅掌楸和美国的密苏里鹅掌楸撮合到一起，就变成了北方的鹅掌楸。所以，我所见到的树另有一个名字，叫"奥运楸"。

然后这就与跑步有关系了。我们都知道奥林匹克运动最古老的项目之一，就是马拉松。公元前490年，雅典军在希波战争中获得了马拉松战役的胜利，一位战士跑了大约四十二公里回来报信。开始的时候，战士还是那个战士，领了命令要完成任务，但是我相信，跑到二十公里、三十公里的时候,他已经跑出了身体,他已经跑出了那个"我",他已经不是他自己了,他就是他的城邦,他的人民,他的土地,他的土地上的万物,甚至就是他的敌人——那些波斯人;然后他跑得太快了,太爽了,身体都追不上了,到了终点就死掉了。这样一位战士,这样一位跑者,我觉得他最终达到了伟大诗人的境界,他就是荷马。这么多年过去了,我相信,我们依然有可能像那位战士一样,像马拉松运动员一样,在奔跑中放下那个"我",进入广大无边的世界中去。

我的命题作文可以交卷了。跑步、文学、鹅掌楸,全联系起来了。这也体现了我对文学的另外一个基本看法,文学就是要把大地上各种不相干的事情,各种风马牛不相及的事情,各种像星辰一样散落在天上的事情,全都连接起来,形成一幅幅美妙的星图。

2020 年 12 月 11 日晚即席
12 月 23 日改定

隔与不隔，
如果杜甫有手机

(2)

在腾云峰会上

今天的主题是连接。我记得二十多年前看过美国一份互联网杂志,就叫 WIRED,中文是《连线》,"Wired"这个词是计算机、网络意义上的"连接"。所以,连接真是这个时代的一个关键词。吟诗作对子,与"连接"相对的是什么呢?我想来想去只想出一个"隔离";而"连线"反过来当然是"掉线",连接出了"故障"。仔细斟酌这些词,"连接"、"连线"与"隔离"、"故障",你会觉得,前者是肯定性的,是常态,而后者包含着负面的否定性,是常态出了偏差。在我们这个时代的文化和经验里,我们已经习惯了常态,习惯了肯定性,我们一直以为我们正向着无远弗届、无孔不入的连接高歌猛进。但是,在 2020 年,整个世界经历着新冠肺炎的全球流行,连"流行"这个词都忽然暴露了它隐藏的否定性。我们发现,否定性并未消散,隔离和故障意外地袒露出来，好像它就是自然与生活的另一副面目、另一重根基。由此，我们不得不回到辩证法，回到对否定的再认识和对肯定的再认识。

这几天正在追一部谍战剧，扣人心弦，我欲罢不能，所以我刚才上台前只想睡觉，因为昨夜很堕落，追剧追到凌晨两三点。这个剧背景是20世纪40年代的上海，充满紧张的悬念，种种阴差阳错，种种千钧一发；但是，看着看着我忽然想到，这样一个漫长、精密的故事，它之所以能够牵着我一路跑下来，有一个根本条件——那个时候没有手机。几乎每一处悬念、每一个关键时刻，如果人物手里有一部手机，问题就不存在了，不必紧张了，平安无事，月白风清。敌人在门外设下了罗网，必须马上通知屋里的同志。我在街上狂奔，寻找一个公用电话亭，好不容易找到一个，里边的姑娘正在和闺蜜讨论电影和口红，简直活活急死。这个时候如果掏出手机，问题就没有了。所以我这一夜一夜看的是什么？是由于不连接，由于弱连接，由于连接的故障，造成的一个个否定性情境。在这个情境里，人面临着庞大的偶然性。偶然性是什么？偶然性是意外，是你的"意想"之外。你的意想是你的计划、你的主体性，但是你没办法和世界充分连接，信息不对称，你是针尖，世界是风暴。于是，如果你是个足够坚强、聪明和幸运的家伙，你就会身在戏剧中，你以一己之力应对这四面八方呼啸而来的偶然性的风暴，那些偶然性都在千方百计地否定你。——迄今为止，这构成了人类的大部分故事、大部分戏剧。

假设这个世界上早有手机，那么昨天晚上那部电视剧就没有了，很多剧很多小说都不会有。我们还会失去很多其他的东西，比如杜甫的很多诗。杜甫的诗一千四百多首，如果他有手机的话，起码有五分之一是不必写的。"烽火连三月，家书抵万金"，"人生不相见，动如参与商"，写的都是空间和时间上的阻隔、间断，这种阻隔、间断、不连接使杜甫成为了一个追忆、遥望、惦念和感叹的诗人。王国维谈"隔"与"不隔"，讲的是心与景、词与情之间，好的诗人要望尽天涯路，捅破窗户纸，由隔抵达不隔，不隔方为高格。但如果没有对"隔"的深刻感受，又何来"不隔"？对杜甫来说，"隔"就是一个精神空间，一个抒情场域，他的追忆和遥望，使不可及的人、事、物返回和构成他的世界。

我们都知道杜甫和李白关系很好，至少杜甫终其一生都热烈地仰慕李白。但实际上他们在一起的时间很短，初次相见是在洛阳，李白四十四岁、杜甫三十三岁；然后他们一起在河南转了一圈，又到山东转了一圈，此后便是"渭北春天树，江东日暮云"，天南地北，无复相见。也就是因为这不相见，杜甫在漫长岁月里写了二十多首诗想念李白、怀念李白、歌唱李白。我想如果他有手机，如果他和李白随时都可以通电话、刷微信，那么，这些诗就不必写了，而且他们的友谊、他们的感情很可能维持不了那么长时间。天天话来话去，紧密连接，他们的个性如此不同，世界观、人生观也很不相同，又生当天崩地裂、意见纷纭的大时代，不知道哪一天一言不合，友谊的小船说翻就翻。所以幸亏不连接，不仅人间有好诗，而且人间还值得。

我现在的工作包括管理一家博物馆：中国现代文学馆。——做个广告，这是世界上最大的一座文学博物馆，收藏着现代以来大量的作家手稿和信函。当然我们面临一个问题，现在的作家手稿没有了，信也不写了，以后我们收藏什么？以后治文学史的学者研究什么？总不会是作家把毕生的聊天记录和微信截屏捐给我们吧。写信这种行为，连同那些信札，现在都已经被安放在博物馆中。今年我们就办了一个巴金和他的朋友们往来信札的展览，我仔细看了那些信，忽然想到，这种书写、这种连接不仅仅是为了通消息、传信息，也不仅仅是为了交流思想和感情。除此之外，它有一种类似于本雅明在谈论老照片时所说的那种"灵氛""灵晕"。你能感到，通信的这两个人，他们被空间和时势所"隔"，他们以书写、以遥望克服这种阻隔，但是，在他们的"不隔"中又内在地存留着"隔",一种"不隔"之"隔",一种由"隔"而生的珍惜、珍重,以及柔情和温暖。

由于没有手机,由于连接不畅或见面不易,人与人之间形成了一个距离,这个距离或许是否定性的、险恶莫测的荒原,由此滋生隔膜和敌意。但是,这个距离、这个空间也提醒和召唤着人们,小心翼翼,怀着珍重和耐心去跨越荒原,认识、理解,甚至爱上那个"他"或"她"。也就是说,这种"隔"使我们清晰地意识到我是"我",他是"他",我们已经预备下足够的耐心与一个不同的"他"相处。

——直截了当地说,连接是人的天性,我们的天性一定要追求"不隔";同时另一方面,"隔"或者不连接也是我们的天性,甚至我认为某种程度上是我们更深的天性、更深的精神根基。人就是这样,与他人连接是困难的,我们甚至和自己都不连接,不用学过弗洛伊德也知道,我们每个人恐怕都不能说完全了解自己。而且我们每个人还面对着一个绝对的不连接，就是与死亡不连接，我们无法连接自己的死亡，那是漫长的忙音，永无应答。也就是说，在这里存在着一个绝对的否定性，人必须像黑格尔所说的那样在这个绝对的否定性的身边出发，才能开始精神上的远行和肯定。

也就是说，人先要把自己从世界里区别出来，把自己变成一个不透明的存在，然后才能谈得上和其他人、和这个世界的连接。在我们这个时代，为什么我们所有的人都那么在意自己的这点隐私？在高度连接的互联网、大数据之下，为什么保护个人信息构成了普遍焦虑？不是我们每个人都有不可告人之密，问题的实质在于，我必须有什么东西是不可连接的，如果我把不可连接的区域全部敞开、全部交出去，那么我还是"我"吗？如果"我"都没有了，每个"我"都成了一个被连接之物，那么这个连接的意义又在哪里？这不是"细思极恐"吗？这不是事关人的生存之根基吗？

正是在这个意义上，我特别喜欢今天的主题

词——"流动的边界"。"流动"暗示着连接,暗示着我们这个时代技术上无所不及的连接能力。但与此同时,我们必须面对"流动的边界",必须思考这个"边界"在哪里,这恰恰是科技必须和人文对话的地方,是科技必须和人性、和社会对话的地方。

2020年,在全球性疫情及由此而来的震荡中,我们更渴望超越阻隔去实现连接和理解。但同样在2020年,我们也强烈地意识到,作为一个人,我必须确认我是谁,我和别人不一样。正是意识到"隔",意识到连接的困难,我们也更明确地意识到必须从"我是我"这个地方出发才能开始连接他人。推而广之,一个国家、一个民族、一种文明,也同样必须确认自己的边界何在,何以"我是我";一种不能自信地为自己确立文化和精神边界的文明,几乎就没有什么存在的理由,它只能被连接,它不可能成为连接的主体。当我们创造、塑造未来时,除了技术,这个内在的边界应该是一种更为根本的力量。

所以，我相信，尽管有了手机，有了大数据，但激励着人类去探索和创造、去远行、去战斗的，依然是那些算法之外的偶然和意外。当黑天鹅飞临，当灰犀牛站起，偶然和意外激发着人的恐惧、震惊，人的意志、想象和创造。同样，尽管我们现在通过手机零散地、时时刻刻地相互连接和敞开，但是我也相信，那个手持手机的杜甫依然会为自己保持一种与他人、与世界的距离，以便于他的遥望、回想、追忆和爱。没有这个距离，这些事关人之为人的根本价值可能就不复存在。

这就是我要说的：否定里有肯定，肯定里有否定；既要不隔，也要隔，为了更好地不隔，要更好地隔。

2020 年 11 月 26 日即席
12 月 8 日改定

北京雨燕以及行者

(3)

对理想作家的比喻,在北京"十月文学之夜"上的演讲及延伸在北京的中轴线上，从永定门走向正阳门，一直走下去，直到钟鼓楼，一代一代的北京人都曾抬头看见天上那些鸟。很多很多年里，那些城楼都是北京最高的建筑，也是欧亚大陆东部这辽阔大地上最高的建筑。你仰望那飞檐翘角、金碧辉煌，阳光倾泻在琉璃瓦上，那屋脊就是世界屋脊，是一条确切的金线和界线，线之下是大地、是人间和帝国，线之上是天空、是昊天罔极。线之下是有，线之上是无。

然而，无中生有，还有那些鸟。那些玄鸟或者青鸟，它们在有和无的那条界线上盘旋，一年一度，去而复返；它们栖息在最高处，在那些城楼错综复杂的斗拱中筑巢，它们如箭镞破开蓝天，挣脱沉重的有，向空无而去。这些鸟，直到1870年才获得来自人类的命名，它们叫北京雨燕。

北京雨燕，这是唯一以北京命名的野生鸟类。此鸟非凡鸟，它精巧的头颅像一枚天真的子弹；它是黑褐色的，灰色花纹隐隐闪着银光，它披着华贵的披风，在天上飞。我们一直不知道它从哪儿来，到哪儿去。现在我们知道了，那是令人惊叹、令人敬畏的长征：每年4月，春风里它们来到北京，在高耸的城楼上筑巢产卵。然后，到了7月，它们出发了，向西北而去。此一去就要飞过欧亚大陆，直到红海，在那里拐一个弯，再沿着非洲大陆一直向南，飞到南非，这时已经是11月初了，北京已入冬天，北京雨燕却在南部非洲盛大的春天里盘旋。直到来年2月，它们该回来了，它们穿过非洲大陆、欧亚大陆，向着北京，向着安定门、正阳门而来。

这一来一去，大约三万八千公里。赤道周长约四万公里，也就是说，北京雨燕，它每年都要绕这个星球差不多飞上一圈儿。但这种鸟的神奇并不在这里，而在于，7月的某一天清晨，当它从正阳门飞起，扑到蓝天里，它就再也不停了，它就一直在天上飞。没想到吧？日复一日，它毫不停歇地飞，它在天上睡觉，在飞翔中睡觉，在飞翔中捕食飞虫，在飞翔中俯冲下去，掠取大河或大湖中溅起的水滴，甚至在飞翔中交配。在北京雨燕的一年中，除了雌鸟必须孵育雏鸟的两三个月，它们一直在天上，一直在飞。

——我都快忘了今天的主题是文学。我确实更喜欢谈鸟，但我不得不落回地面，回到主题。如果让我找一种动物、找一种鸟来形容、来比喻我理想中的作家，那么他就是北京雨燕。在北京，你沿着中轴线走过去，那些宏伟的建筑都在召唤着我们，引领我们的目光向上升起。安定门、正阳门、天安门、午门、神武门、钟鼓楼，城楼拔地而起，把你的目光、你的心领向天空。北京雨燕把你的目光拉得更远，如果他是一位作家，他就是将天空、飞翔、远方、广阔无垠的世界认定为他的根性和天命。作为命定的飞行者，他对人的想象和思考以天空与大地为尺度；他必须御风而飞，他因此坚信虚构的意义，虚构就是空无中的有，或者有中的空无，通过虚构，他将俯瞰人类精神壮阔的普遍性。他必定会成为心怀天下的人，心事浩茫连广宇，无数的人、无尽的远方都与我有关，这不是简单地把自己融入白昼或黑夜、人间与世界，而是，一只孤独的北京雨燕抗拒着、承担着来自大地之心的引力。

比如曹雪芹。以曹雪芹为例已经成了我的习惯，任何事我都能扯到他身上。这某种程度上是因为，我们对他所知甚少，惊鸿一瞥，白云千载空悠悠。尽管直接证据有限，但我们确信他曾经飞过，他曾经在此筑巢，我们在接近空无中想象他，他是无中的有，他在有无之间。在这个意义上，他成为了后世小说的元问题之所在，一切问题都可以追溯到他，都可以在我们的猜测中得到回应。

《红楼梦》第七十回，在那个春日，"林黛玉重建桃花社　史湘云偶填柳絮词"，心中蓝天丽日，雪芹兴致大好，安排宝玉和姑娘们放风筝，一大段文章摇曳生姿。这不是曹雪芹第一次写到风筝，第五回，贾宝玉梦游太虚幻境，翻看金陵十二钗正册,只见画的是"两人放风筝,一片大海,一只大船,船中有一女子掩面泣涕之状",有四句判词写道:"才自精明志自高,生于末世运偏消。清明涕泣江边望,千里东风一梦遥。"大家都知道,这说的是探春的命,但我所留意的是那只风筝,指向大海、远方、乘千里东风而西去的风筝。

现在,我要问一个无聊的问题:那幅画里的风筝是一只什么样的风筝?好吧,你们都猜到了,那是燕子。我认为那是北京雨燕。

20世纪40年代中期,曾有一部据说是曹雪芹遗稿的《废艺斋集稿》面世,后来又没了下落。其中有一部是关于风筝的书,部分文字和图谱经由当时人的摹写和回忆留了下来。这件事真真假假,在有无之间,反正原书是找不到了,信其有还是信其无,不是事实判断,而是情感判断。我宁愿相信这本书是有的,因为这很像雪芹干的事,他就是这样的一个人。这部题为《南鹞北鸢考工志》的书,记叙了风筝怎么扎,怎么糊,怎么描绘图案，怎么放飞，所谓"扎、糊、绘、放"。关于风筝制作工艺的书，据我所知，一部是宋代的《宣和风筝谱》，然后就是清代乾隆年间的这一部。所以，应该给曹雪芹颁发证书，宣布他是非物质文化遗产传承人。

在现存的《南鹞北鸢考工志》中，所有的风筝都是燕子。当然，风筝的形制多种多样，就像第七十回中写的，可以是个美人，可以是大鱼、螃蟹。放个美人到天上，那是以天为纸在画画，放个大鱼、螃蟹上去，这就是以云为水。但在这部《南鹞北鸢考工志》中，燕子是模版是原型，又分为肥燕、瘦燕、比翼燕、半瘦燕、小燕、雏燕，燕爷爷、燕奶奶、燕夫妻、燕兄妹，一大家子在天上聚会。这很可能是当时风筝这个行当的惯例，从制作到售卖，燕子是基本款，甚至有人认为，北京风筝以"扎燕"为本，就是从雪芹开始的。总之在雪芹这里，笼而统之，风筝就是燕子、燕子就是风筝。所以，第五回探春命里的那只风筝是什么形状？现在我告诉你，那是一只燕子。

那么，这只燕子是北京雨燕吗？"昔日王谢堂前燕，飞入寻常百姓家"，这句诗大家都很熟悉。盛衰兴亡之叹，这是古老的中国文明最深刻、最基本的一种情感，在周流代谢的人事与恒常的山川、自然之间回荡着这么一声深长的叹息。这种兴亡之叹也是曹雪芹在《红楼梦》里反复弹拨、他和他生前的读者最能共鸣同感的那根琴弦。但是，无论王谢堂前，还是寻常百姓家，一年一度来去的燕子，应该都不是北京雨燕，而是家燕。它们都叫燕，远看长得也像，但在动物学分类中，我们熟悉的家燕是雀形目燕科，而北京雨燕属于夜鹰目雨燕科。家燕和麻雀是亲戚，北京雨燕和夜鹰是亲戚，它和家燕反而没什么关系。顺便说一句，夜鹰和我们熟知的老鹰也没什么关系，所以夜鹰不是鹰，雨燕也不是燕。在寻常百姓家的屋檐下飞进飞出的燕子，如果真的是昔日王谢堂前的燕子，那么，它肯定是家燕，绝不是雨燕。北京雨燕必须栖息在高峻之处，这样才有足够的高度让它滑翔起飞，如果是寻常的屋檐，它来不及飞起就会栽到地上，这也是它们喜欢中轴线上那些高大城楼的原因。

曹雪芹"扎、糊、绘、放"的那些燕子，究竟是家燕还是雨燕，这个问题是无解的。那些风筝的图案并不是写实的，而是拟人的、符号化的，赋予了各种各样的吉祥寓意。雪芹固然不知家燕和北京雨燕在动物学上的科目区别，但他是北京人，童年来到北京，在这里长大，他大概从来没有进入过我们现在称为故宫的地方，没有走进过天安门、午门。但是，正阳门和他家附近崇文门的天空上，每年晚春和初夏盘旋着的雨燕，必定是他眼中、心中的基本风景。那个时代的北京人，抬头就会看见那些燕子，然后低头走路。但有一个人，一定曾经长久注视着那些燕子，那些盘旋在人间和天上的分界线上的青鸟。他就是曹雪芹，他是望着天上的人，是往天上放飞了一只又一只飞燕风筝的人，他的命里有天空、有永远高飞而不落地的鸟。

——那就是北京雨燕。然后，这样的一个作

家会有一种奇异的尺度感,他把此时此地的一切都放入永恒大荒,无尽的时间和无尽的空间。他获得一种魔法般的能力,他写得越具象,也就越抽象,他写得越实,也就越虚。雪芹的前生是一只北京雨燕,他在未来再活一遍会是一个星际穿越的宇航员。说到底,他是既在而又不在的,天空或太虚或空无吸引着他,让他永久地处于对此时此刻的告别之中,是无限眷恋的,但本质上是决绝的,他痴迷于不断超越中的飞翔。

这样一位北京雨燕式的作家,会本能地拒绝在地性。比如曹雪芹,他和很多很多当代中国作家不同,他从未想过指认和确证他所在的地方。我曾经在一篇文章中谈过,曹雪芹成长于北京,《红楼梦》是北京故事;但是,在《红楼梦》中,他从未确切地描述过这座城市。我们可以推导出贾府和大观园的空间分布图,但在这部书中,你对整座城市的地理空间毫无概念,似乎是,这个人让大观园飘浮在空中,让飘浮在空中的大观园映照和指涉着广大世界、茫茫人间。

所以，如果让我为我理想中的作家选一个吉祥物、选一个LOGO，我选北京雨燕。但是，任何比喻都是有限的、矛盾的，比如水，上善若水，这水就是好水，以柔克刚、化育万物；水性杨花，这就不是好话，这水就是放荡的水。钱锺书把这叫作"比喻之两柄"，他在《管锥编》中引用希腊斯多葛派哲人的话："万物各有二柄"，好比阴阳二极，而人会抓住其中一个把柄来作比喻，抓哪一头取决于人想说什么。北京雨燕作为比喻，也有另外一头的把柄：它不能落地。它在民间有一个诨号，叫"无脚鸟"。它和家燕不同，家燕的脚是三趾前、一趾后，在地面上蹦蹦跳跳，后趾一蹬就起飞；但北京雨燕完全为飞行而生，根本没有计划落地，它的四趾全部朝前，只适合抓住高处的树枝或梁木，所以有脚等于无脚，落到地上既不能走也不能飞，被风雨或伤病打落在地，那就是死亡。

这让我想起另一位飞行家，说来大名鼎鼎，就是齐天大圣、行者悟空。孙行者法号悟空，名字不是白起的，他从石头缝里蹦出来，向着天空而去，他的事迹也是一部"石头记"，是在石头中、在山的重压下、在无限的沉重中向着无限的轻、无限的远、无限的空无。一个筋斗十万八千里，大地管不住他，人间的权力和琐碎管不住他。就是这样一只猴子，戴上了金箍，跟着唐僧去取经，九九八十一难还差一难，终于望见了西天灵山。《西游记》第九十八回，唐僧师徒在玉真观歇脚，第二天启程上灵山，金顶大仙要给他们指路，悟空嘴快，说："不必你送，老孙认得路。"大仙道："你认得的是云路，圣僧还未登云路，当从本路行。"悟空笑道："这个讲得是，老孙虽走了几遭，只是云来云去，实不曾踏着此地。"

　　这段话我以为是《西游记》的一处根本所在。小时候读《西游记》，总有一个大疑惑，既然目的就是取经，孙悟空那么能飞，而且自带导航熟门熟路，一个筋斗飞过去，把经书拎回来交给师父不就得了吗？悟空快递，使命必达，何必费那么大劲呢？看到第九十八回，作者才做出了回答，飞在天上、走"云路"能解决的问题就不是问题，人之为人的问题是，他必须走"本路"，他无法直接抵达终极；人总是要死的，但日子还得一天一天过，人是在向死而去的一天一天里，在"本路"、在地上的路获得他活着的意义。所以，"云路"上取的经不是真经，在大地上用双脚一步一步走过去，在人世的苦、人生的难中走过去，这才是道成肉身，才算得了真经。

孙悟空，这伟大的行者，他的本性是飞，他也终于学会了落地，学会了在地上一步一步走，走过万里长路而成佛。现在，话说到这儿，我心里马上就有了一个像行者那样的作家，他就是杜甫。

年轻时的杜甫是凤凰，心高万仞，壮志凌云，在传世最早的那首《望岳》中，他写道："荡胸生曾云，决眦入归鸟。会当凌绝顶，一览众山小。"那时是开元二十四年，杜甫二十五岁，壮游山东、河北，"放荡齐赵间，裘马颇清狂"，遥望泰山，他的目光随飞鸟而上，他的心凌绝顶而小天下。这时的杜甫，笔下是骏马，是鹰，是千里万里的风：

胡马大宛名，锋棱瘦骨成。
竹批双耳峻，风入四蹄轻。
所向无空阔，真堪托死生。
骁腾有如此，万里可横行。

(《房兵曹胡马》)

这样的速度和激情，这样的一往无前、万里横行，这样杀人如草不闻声的豪气，不是杜甫了，是李白了，这样的诗完全可以编到李太白的集里。在人生的这个时节，杜甫在天宝三年认识了李白，那一年李白四十四岁，杜甫三十三岁。第二年，他们同游齐赵，杜甫写下了《赠李白》："痛饮狂歌空度日，飞扬跋扈为谁雄"，这完全就是李白的句子。浦起龙《读杜心解》中评论这首《赠李白》和另一首《画鹰》："自是年少气盛之作，都为自己写照。"杜甫写的是李白，也是自己，杜甫此时的自己，其实就是李白。

李白这个人，真是"太白"啊，他光芒四射，从路人直到天子,很少有人不被他的光芒所震慑。我相信,这个人走到哪里,都是中心,都是焦点,他是诗界的"克里斯玛"(charisma)人格,是诗界的皇帝和神,他生前就活在世人的仰望中,如果今晚无人,他就提一壶酒仰望自己、热爱自己。

> 花间一壶酒,独酌无相亲。
> 举杯邀明月,对影成三人。
> 月既不解饮,影徒随我身。
> 暂伴月将影,行乐须及春。
> 我歌月徘徊,我舞影零乱。
> 醒时相交欢,醉后各分散。
> 永结无情游,相期邈云汉。
>
> (《月下独酌四首》,第一首)

这首诗写尽了他的一生,这样一个人,他永远是少年。希腊神话里的美少年那喀索斯看着水中的倒影自恋,比起李白他真是弱爆了,李白是以天地为镜,只照见自己,对影而戏、对影而歌。

他和杜甫同样经历了安史之乱,天崩地裂狼狈不堪,但在李白的诗里你看不出来,白衣胜雪,归来仍是少年,他根本不会被人世的离乱与浑浊所改变。

李白才是真正的、纯粹的北京雨燕,比曹雪芹更纯粹。他毕生不落地,他是"无脚鸟",他是"谪仙人",他只活在他自己那空阔无边的尺度里。无情最是李太白,他的伟大,他让杜甫、让后来人身不能至、心向往之的高格,就在于他真是不累,真是不牵挂,真是在飞,他在人世、在红尘中如此一意孤行,如此飞扬跋扈、放浪轻狂。据说金庸有名言:人生就该是"大闹一场,悄然离去",金庸如果真这么说了,他心中所想的必是李白,而绝不是杜甫。李白在心里和笔下兀自大闹,他走的一直是"云路",他就是那个大闹天宫的齐天大圣,他一生都在飞,喝醉了就高速醉驾,牛皮吹得更大,飞得更远更高。"决眦入归鸟",杜甫眼巴巴地望着,李白就是杜甫眼里的那只鸟。杜甫一生都深情地遥望着、怀想着李白，他那么爱李白，放不下李白，他爱的其实是他心中那个曾经的自己，那个青春勃发飞在"云路"上的自己。

但一定有一个时刻，生命里的关键时刻，也是中国诗歌和中国精神的一个关键时刻，杜甫忽然想明白了，他不是李白，他做不成李白。他注定要在这泥泞的人间踽踽独行，他的路就是人的"本路"，历经横逆、失败、劳苦，艰辛地为一餐饭、一瓢饮而奔忙，为夜雨中的一把春韭、为人和人的一点温情而感动。他如此卑微，"残杯与冷炙，到处潜悲辛"，他才是卑微到了泥土里。但也就是在泥土与泥泞中，在漫漫长路上，他才看得见"三吏"、看得见"三别"，在生命和生活的根部、底部，在寒冷、逼仄中，他的心贴向别人的心，他的妻子、他的孩子、他的朋友、路上那些陌生的和受苦的人们。他终究不是仙人，他成为了负重前行的行者，背负起人世的沉重，成为了诗歌中的圣人。他的路太难了，李白写《蜀道难》，难于上青天，上青天对李白又有何难？

背负青天朝下看,如雨燕、如苍鹰,一篇《蜀道难》滚滚而下,东流到海。而杜甫,你读一读他生命中期以后、在安史之乱爆发后的诗吧。那些诗大多写在路上,是行者之歌、跋涉者之歌,是荒野之歌、漫漫"本路"之歌。哪里有什么"飞扬跋扈",哪里有"所向无空阔",只是一步一步、步步惊心,战栗着、喘息着,流淌汗水和泪水,从极度劳顿的身体中提炼出来的句子。"沉郁顿挫",这是后世对杜甫诗风最通行的直观概括,怎么能不"顿挫"?那是一位行者、一位登山者的顿挫喘息,那就是生命之累之艰难苦恨。

——杜甫之伟大就在于,他竟能把一切提炼为精悍的韵律,提炼为诗。他该有多么强韧的肺,多么炽热的心。他是中国文学中最伟大的行者,在他之前,只有屈原,但屈原更像是北京雨燕落在了地上,屈原的诗是雨燕落地后的悲歌绝唱。而杜甫,他是第一位走过并且写出"本路"的诗人,第一位直接面对累和喘息的诗人,第一位在累和喘息中为生命唱出意义的诗人。鲁迅说,

"无穷的远方、无数的人,都与我有关",杜甫走向远方、走进无数人,取经的行者心中觉悟,这经不是在天上写好了等他来取,这经就是他一步一步地行走在大地上写出来的。

杜甫晚年,写下《登高》,这时,杜甫五十六岁,快走不动了。留在世人眼中的杜甫形象,从《望岳》开始,经过漫漫长路,最终定格于《登高》。

风急天高猿啸哀,渚清沙白鸟飞回。
无边落木萧萧下,不尽长江滚滚来。
万里悲秋常作客,百年多病独登台。
艰难苦恨繁霜鬓,潦倒新停浊酒杯。

他站到了山顶上,但他不是飞上去的,他并无"一览众山小"的豪情,他艰难地独自登上去、爬上去,万里作客、百年多病,在天地山川里,在绝对的无限中,他找到了,回到了那个有限的、苍老的自己。他从此为中国文学确立了一个根本的标高。他走了一路，白发浊酒，站在那里，最终，所有的中国人可能在旅途中、在路上看见他，看见自己。

后来，到了北宋，王安石编《四家诗选》，选四个唐宋大诗人，杜甫第一，韩愈第二，欧阳修第三，李白第四。有人问他，为什么李白才第四？他说，"白之歌诗，豪放飘逸，人固莫及。然其格止于此而已，不知变也。至于甫，则悲欢穷泰，发敛抑扬，疾徐纵横，无施不可……"（《苕溪渔隐丛话》卷六引《遯斋闲览》）王安石是"拗相公"、是一头倔驴，非要给李杜排座次分高下，但他看李杜的分别真是目光如炬。王安石又曾说，李白词语迅快，无疏脱处。这说的就是李白的速度、李白的"飞"，飞流直下三千尺，飞得快、飞得流畅，这当然很"爽"。有人喜欢"爽"，可乐加冰，有人却喜欢苦茶或咖啡，在"不爽"中领会五味杂陈。李白的诗是"爽诗"，相比之下，杜甫就是"不爽"。

现在，我们有了两个比喻，北京雨燕和行者。

有的作家，比如李白和曹雪芹，他们是雨燕。有的作家，比如杜甫，他是行者。但是我刚才说过，比喻有用，也有限。任何比喻，总是聚焦和照亮了所比事物的某种特性，同时也忽略了另外一些特性。李白是纯粹的雨燕，他的持久魅力也正在于这份常人没法模仿、不可企及的纯粹。而杜甫曾经是雨燕，后来落了地，他竟在地上长出了脚，一步一步走过去，这何其难啊，李白和王维那样绝顶的心智都做不到。但是，现在让我们重读一遍《登高》，杜甫身体里的那只雨燕真的飞走了吗？没有，还在，他翱翔于天之高、地之阔、江河万古，然后，他缓缓地落下，落到此时此刻、此人此心。我刚才也是越说越爽，强调杜甫作为行者的艰难苦累，但艰难苦累并不能使一个人成为诗人。我们的幸运在于，这个人是杜甫，他也是雨燕，哪里有"所向无空阔"，杜甫的生命中竟然真的一直有，在绝对的重中依然能轻，在石头缝里望见了明月，他是悲、他是欢，他是穷途末路、他是通达安泰，他能收能放、能屈能伸、能快能慢，由此，他才能把艰难苦累淬炼成诗。

当这么谈论杜甫时，我还掉过头去重新想到了曹雪芹。曹雪芹，我刚才说他是雨燕，但他其实同时也是行者。这个人作为作家的横绝古今，正在于他既飞在"云路"上，又走在"本路"上，他的路既是"本路"又是"云路"，这不仅体现于他的实则虚之、虚则实之，而且，站在他戛然而止的地方，我们已经能够隐约看出他将要前去的方向：走着走着，世间的大路走成了小路，小路走成了荒野，茫茫人海走成了孑然一人，一切有变成了一切无，飞向无限的空。《红楼梦》没有写完，实在是一大恨事，因为此情此景，古代小说里没有，后来的小说里也没有。我甚至大逆不道地怀疑，《红楼梦》写不完，其实是真的写不下去了，"云路"和"本路"越走越合不到一起，雪芹之死是把自己活活难死。

当我这么谈论杜甫和曹雪芹时，我心里想的其实是苏东坡，还有……好吧，留给你们去想吧，记起你们见过的雨燕、你们遭遇的行者。这些伟大的灵魂,在往昔的日子、现在的日子里一直陪伴着我们,他们是我们的理想作家,我们信任他们,我们确信,天上地下的路,他们替我们走过,他们将一直陪伴着我们,指引着我们。

然后,明年,春风里,去正阳门下,抬起头,迎着蓝天,去辨认杜甫、苏东坡、曹雪芹,当然,还有李白。

2022年10月28日"十月文学之夜"演讲
据记录稿增补,11月28日改定

做一个满怀
敬畏的"述者"

(4)

在"凤凰文学之夜"上

来到南京，往往触类而思，因物兴感。昨天开会的时候，对面的墙上挂着一幅孙晓云的字，是宋濂的《阅江楼记》，"阅江"是看尽一条大江，"见波涛之浩荡，风帆之上下"，也是读一条大江，从六朝风骨读到今日。这便是金陵气象，外人来此，往往目眩神摇。

金陵有"慨而慷"、有"今胜昔"，有"虎踞"、有"龙蟠"，还有"凤凰"。这两天开"凤凰作者年会"，天地之大，品类之盛，身处其间，我是诚惶诚恐，越发的不敢伸腿不敢张口。苏童老师、毕飞宇老师、韩东老师，还有刚才的各位，哪一位都是比我更好的作者，都写出了比我更好的作品。特别是下午见到了丘成桐先生，我马上想到：据说人和人之间的DNA差别只有千分之一，但这千分之一有时就是千里万里，丘先生在云端上，而我的数学才华只够在地面上加减乘除。

作为一个作者、一个文学人，登阅江楼，那是我所欲也，我怕的是上"阅书楼"，我很怕去书店，也不爱去图书馆。每次去书店、去图书馆，我都觉得特别受伤。面对那么多书，你真会觉得，天下的真理和道理都被人说完了，天下的好故事都被人讲完了，天下的美辞章也被人写尽了。而且，他们还写了那么多！这个时候，你就会陷入自我怀疑，回到家，面对电脑、孤灯长夜、搜索枯肠一个字一个字写下去，这到底有多大的意义？世间是否真的就少你这一本书？这次参加"凤凰作者年会"，对我来说，就相当于泡了一次书店、图书馆，内力大损。但是，转念一想，这样的境遇和这样的想法，其实不仅我有，我们的老祖宗、我们的孔夫子，他也和我一样。

孔夫子"述而不作"。他一生不承认自己是一个"作者"，他不打算成为一个作者。这是因为，孔夫子觉得，面对自然大化，面对人间万象，面对先人的智慧，我们只能谦卑地做一个"述者"，我们无法成为"作者"。

在中国传统中真正确立起"作者"这个概念，是自司马迁始。写一部书，藏之名山，传诸后世，这部书的后面立一个不朽的作者。然而，在我们整个的古典时代，"述"的精神依然是文学的基本精神，所谓"文以载道"，就是承认在我们的书写之上和之中，有一个更高更大的"道"，我们的"作"不过是在"述"道。我们的小说，比如四部古典，都很伟大，但其实直到现在，它们的作者是谁也不过是姑妄言之、姑妄信之。这不仅仅是文化条件所限，那些作者——《三国演义》的作者、《水浒传》的作者、《西游记》的作者，还有《红楼梦》的作者，他们也许真的不很在意自己是张三还是李四，是施主还是吴子，他们把自己看作一个述者，故事天下流传，他们只是再讲一遍。人家告诉我们，《红楼梦》的作者是曹雪芹，但是，我们读一读《红楼梦》的第一回，雪芹把自己的名字放在那里，但他并没有承认自己就是作者，他只是说自己在"悼红轩中披阅十载，增删五次，纂成目录，分出章回"，已经有了一个稿子在那里,这个稿子在石头上,自己只是一个"编者",是个编辑。这是谦虚,这也是大骄傲,因为孔子所做的事也不过是披阅增删,孔子就是一个伟大的编者、述者。

这件事到了现代就不一样了,我们必须是个作者,否则就什么都不是。"作者"完全是一个现代概念,我们设定,一个"作者"是世界上独一无二的,因为独一无二的自我必须通过作品实现和展开。这时就没有什么编和述了,他是在创造。什么叫作"创造"?就是要有光,于是有了光,创造这个词就是"作",是孔夫子不敢说的。孔夫子不认为自己在面对自然、面对传统时可以说:"我在'创造'";在西方,古典艺术的根本原则是模仿,这也是"述",后来上帝死了,才有了浪漫主义的"创造"。现代性设定和建构了这么一个"创造"的概念,在"创造"的背后,有一个独一无二的、非常了不起的"自我"。这个自我是一个意义中心,由自我出发,我们去创造,去实现这个自我;所以创造的目的是为了证明：我们确实有一个了不起的、独一无二的自我。

很好，我没有意见。自现代以来，所有的作家都是这么想的，我也常常这么想。虽然我也常常觉得，这很像我家的那只猫，它最喜欢的游戏就是循环论证，自己追咬自己的尾巴。

但是，我们现在又进入了一个特别有意思的时代。在过去，成为一个作者、写一本书，是一件了不起的事，可慰平生、可告祖先；但是现在，刷一刷微博，看看朋友圈，你就会发现，其实每一个人都成了作者，每个人都觉得：我有一个独一无二的"自我"要天天展开，要言说、表达和创造。这当然是好事，天大的好事，但有时我也会想，我们真的有那么多来自自我的东西需要表达吗？我们真的有那么独特以至于不说不足以平天下？我们以为自己是作者，是不是此处应该念平声，我们其实只是"作"者？

互联网的时代是一个盛产自我的时代，你到微博上、到朋友圈里去看看，每日每时我们都在源源不断地释放着自我的碎片，一天一地的鸡毛啊。当然，这其实也是在给平台打工，是为互联网资本日复一日不计报酬地生产劳动，这种劳动，是以不断地生产"自我"、不断地输出无数"独一无二的自我"为形式的。

赶上了这样一个时代，或许倒是可以让我们重新理解，艺术中、文学中的"自我"，到底是什么。这件事如果展开谈，今天晚上谈到半夜，可能还是没法说清楚。索性我就跳过论证，直接说出结论——我不认为自己是什么"作者"，或者说，我并不首先要成为一个"作者"；当然，我也不敢说自己是一个创造者，我并不相信，我有一个独一无二的自我，尽管人和人的差别可以像我和丘成桐先生那么大，但是，我并不想站在这个千分之一的差别点上顾盼自雄，我宁愿向着那千分之九百九十九敞开，向我们的孔夫子学习，努力做一个"述者"。

多少年没见的老朋友郭平，他写了一部书，叫作《广陵散》，他写的是古琴。我相信自己是一张琴，也许是一张好琴，也许是一张破琴，好琴破琴都是那七根弦，金、木、水、火、土、文、武，这世界的风吹拂着我，人类的手拨动着我，我才发出了声音。面对着山河大地，面对着人间万象，面对着我们的传统、我们的伟大祖国与时代，我做一个满怀敬畏、倾尽全力的"述者"。

做一个"述者"也是不容易的。孔夫子"韦编三绝"，我们也要《每天挖地不止》（林那北的小说），还要《嚼铁屑》（甫跃辉的小说）。同时，我也认为，不能仅仅在现代尺度里看待我们的志业，在更长的文明尺度上，在一个科幻式的宇宙视域里，"述者"可能是更重要的，正如孔夫子比我们所有人都重要一样。所以，只好向孔夫子学习，做一个"述者"，在"述"中去争取那一点点的"作"、一点点的"创造"。

"凤凰"是一定要飞的。凤凰于飞，翙翙其羽，在飞起来的凤凰身上，羽毛五色斑斓。在座的都是凤凰头顶上的毛、翅膀上的毛，而我希望自己能够聊附凤尾，做凤凰尾巴上的、小小的一根羽毛。随着凤凰的高飞，也许，我也能够跟着飞起来，看到波涛浩荡、风帆上下，同时，在凤凰的《不老》（叶弥的小说）中想象自己的不老。

　　但不老也是不可能的，我们的身体终究都会老去，我们的那点浮名也会变老，直至烟消云散；只有山河、岁月，这个壮阔的人间，才会真正地、永远地不老。

2021 年 10 月 22 日晚即席
11 月 9 日改定

语言主权
与作者的存亡

(5)

关于超级 AI，自"凤凰文学之夜"开始

这是一个属于写作者的夜晚。这个夜晚是美好的,但是,乌云蔽白日,飘风起远山,在座的所有人,我们这些作者、译者、编者,我们可能都还没有意识到,这美好的夜晚正被动荡的不确定性所笼罩。今晚,在这里还有一个不在场的在场者,一个巨大的"他者",它正在威胁着我们,撼动我们的根基,它是从我们自身分离出去的异类,它的名字叫 ChatGPT。

这个超级 AI,这种大语言模型,它是个幽灵,它隐藏在技术话语的云雾里,云里雾里,恍兮惚兮。但是当面对我们的时候,它使用的却是自然语言,是日常生活中一个人对另一个人使用的语言。它吞咽、处理无数自然语言的材料——他们把这叫作"语料"。在座的各位,你们的工作就是为这个不知其形的庞大之物提供饲料,万里长鲸吞吐,它的胃口真是好啊,它能够飞快地把自有人类以来的所有文本、所有话语吞咽下去，消化干净，它疯狂地学习，机关算尽太聪明，它要算尽人类话语的所有机关。

我们这些文学人，熟知一个来自古希腊的隐喻——人类的语言是一座迷宫，在迷宫的中心，蹲伏着一头怪物，我们不知道它是谁，我们没有见过它，如果见过它，迷宫也就不再是迷宫了。但是现在，我们终于见到了它，它是超级 AI,它叫 ChatGPT 或者随便什么名字，它掌握着所有的线索，人类思维和话语的逻辑尽在掌握。和我们的想象有所不同的是，它就蹲在迷宫的入口，也就是说，你已经不必探索迷宫，然后，它像一个人一样和我们对话：你有什么问题？你想要什么？你想说什么？你想怎么说？

——它是说人话的,它吞咽人话,也输出人话。这很好，但是，它不是人。它也不是自然。它是人的造物，是人映射、分化出去的部分，当它以自然语言与我们对话时，在我们和它之间横亘着一个根本的、危险的问题：它是谁？它知道它在和我说话吗？在发出问题和等待回答的一秒钟、两秒钟的停顿和空白中，它在想什么？在那个空白里仅仅是在运算吗，还是，它在沉吟？运算所求的是一个逻辑的、概率的答案，而沉吟，则是一个人与另一个人、一个"我"与另一个"我"之间在不确定性中酝酿着主观决断。那么，我们怎么能够判定我们面对的是一台"机器"，还是另一个"我"呢？

换句话说，超级 AI 会不会变成一个"超级大我"？它何时拥有真正的智能？或者它已经越过"奇点"，已经拥有了真正的智能？我们是否真的肯定它依然是我们的一部分，还是它已经或将要生成自己的意识、有了自己的主意，成为脱离我们的控制，甚至反过来控制我们的异物？

面对这些问题，人类正在极力安慰自己，摇摇欲坠但努力立正站稳。人类的中心位置至少自启蒙时代以来就像大地一样无可置疑，但现在，我们忽然发现自己正走在独木桥上。我们会不会掉下去？至少现在还不会，今天晚上不会。但我们说服自己的理由其实都很可疑，都经不起推敲。比如，哲学家把说"不"当作一种主体意识诞生的标志，他们认为，至少现在超级 AI 还没有说"不"，因此还没有发展出自我。但是，当我们这么想的时候，其实是深刻地受制于人类自己的故事，我们向自然或上帝说"不"，从此有了人，有了自我意识，有了那个行善或作恶的主体。但问题是，你怎么能够肯定另外一种智能一定会重复人类的故事？人类受蛇的诱惑，摘下苹果，被逐出伊甸园；在超级 AI 这件事上，我们真的知道什么是苹果，什么是蛇吗？

这让我想起波兰科幻作家莱姆的《索拉里斯星》。伟大的莱姆，我真的爱他。在这本小说里，他想象一种与我们对智能、对意识的理解完全不同的意识体——遥远的索拉里斯星上那片神秘莫测的海洋。也就是说，我们应该暂时放弃我们的人类中心主义信念。我们试着想象一下，人类的智能并非唯一的可能性，即使超级 AI 产生了意识，也很可能与我们湿乎乎的碳基大脑所分泌的意识判然不同。现在,大幕已经拉开,角色已经登场,但我们拿到的可能是我们从来没有见过、根本不能理解的剧本。

——这曾经是源自遥远东欧的阴郁的科学幻想,但现在,幻想大规模地侵入现实,已经成为房间里的大象。如何与这头大象相处事关人类的存亡,这也是那些人工智能的创造者们、那些人类中最聪明的脑袋也为之忐忑不安的问题。在人类的故事里,我们以为树上的禁果只有一个,但也许,故事现在进入了下一章,我们已经摘下了第二个禁果。

现在,让我们把大象放在一边,我们假装没看见它,也许大象还睡着呢,别打扰它,让我们坐下来讨论眼前的生计。这些天来,狼烟四起,超级 AI 对人类生活的颠覆性影响正在迅速显现。很多人穷毕生之力,学习、掌握并在不同程度上维护与垄断某种特殊的知识和技能,这些知识和技能构成坚固的壁垒,提供确定的生活框架,让我们安居乐业。但是现在,无数人存身的壁垒一夜间被夷为平地,那句伟大的预言再度应验:一切坚固的东西都烟消云散了。

这当然不是第一次了。现代以来,人类反复经历技术革命对生活和社会的颠覆性重构,我们知道,最终一切都会过去的,就像《漫长的季节》最后叮嘱的那样:"往前看,别回头。"但是这一次,情况可能有所不同,我们面临的不只是知识与技能的危机,而是人之为人的存在论级别的危机。超级 AI,不管它最终会不会变成具有自我意识的决断的主体,它也必定会威胁到人之所以为人的根基所在。语言是存在之家,而现在,我们面对的是一个具有超级语言能力的大他者,它代替我们说话、代替我们书写,进而教我们说话、教我们书写。不管它以后到底变成什么或想干什么,反正现在我们所能预见的结果就是:我们可能在不知不觉间丧失对语言的主权,我们就在我们的"家"里,被一个强大的他者所控制、所支配。

作为一个文科生,我调用了我的全部理解力,艰苦地想象这个超级 AI 是怎样一个怪物。我不知道我说得对不对，似乎事情是这样的：这个东西非常耗电，非常不绿色，它需要无穷无尽的能量，用来学习和运算。维特根斯坦后期把语言看作封闭的"游戏"，天下一盘大棋，语言也是一盘大棋，超级 AI 通过复杂的算法学习和训练，掌握和回应人类日常语言的规则与逻辑——自有人类以来，没有谁的语言经验比它更深厚。它是老谋深算的，人心隔肚皮，它没有肚皮，它就长在你的肚子里，人说出一句话，它就猜出下句话、下句话的下句话……你在棋盘上落下一个子，它就直接替你把这盘棋下完，你满意吗？

我不知道我说得对不对，总之，现在我们看到的结果就是，ChatGPT 会写文章。好吧，我知道，今天晚上大家真正关心的是它会不会成为一个小说家或者诗人。对我们来说，好消息是，到目前为止，它的诗是拙劣的，它的小说是简陋的。但是，我们不能高枕无忧，不能放心啊，这个学习狂魔每天都在消耗足以点亮一座城市的电力，每天都在飞速进步,而我们却在这儿闲聊、吃瓜、刷手机,这样下去谁知道会发生什么呢?

所以,我们所熟知的那个由作者创作的文学此时此刻兵临城下、危机四起。很多人可能不喜欢文学,他认为在他的生活中根本没有文学的位置,但是,超级 AI,这个庞大的他者,它所带来的否定性危机,迫使我们不得不重新认识文学对于人类生活的意义。文学并非一种可以出让、可以替代的技能,它是人类自然语言的最高形态,是人类安放自我与世界的原初的和根本的场所,我们感知自我与世界的语言在很大程度上是由文学塑造的。在这个意义上,人都是文学的人,哪怕你一辈子没读过几本文学书,你也是一个文学人。所以,在一个超级 AI 的世界里,人类对文学语言的主权是我们保有主体性的要害阵地,是我们的上甘岭。这件事远远不是作家或诗人的职业被取代那么简单,没那么简单。它如果真的做到了、真的干成了,如果今后只有 AI 向我们每个人定向投喂小说和诗歌,那么,我们——我指的是人类，也就真的不剩下什么了，我们就只是超级 AI 在地球上投下的寂寞的影子。

——现在都安静了。别这样，不要这么沉重、这么凝重，把杯子端起来，把筷子拿起来，让我们享受这美好的晚餐，我向你们保证，这不会是"最后的晚餐"。不仅仅是因为 AI 还没有长大、还没有毕业，更重要的是，在我看来，这个不能和我们一起用餐的 AI 有一个根本的弱点，这个弱点就是，它不需要吃饭、不能吃饭。它没有身体，没有这个碳基的、有限的、终究会死的身体，在可预见的未来也不会有。这硅基的超级智能，它将永生，不要妄想靠拔掉电源去解决它，正如你不能把制止原子弹发射的希望寄托在拔插销上。这永生的神仙，它的真正问题是，没有生之快乐，也没有生之痛苦。尽管它的语料来自人类，它与人的身体和生命终究是隔绝的，今天的晚餐和我们的身体、我们的生命在它那里仅仅是一个复杂的语言游戏。它就是一个绝对的唯心主义机器，它不需要与世界、与事物、与身体的直接关联,"我思故我在",这是人类唯心主义的极端表述,现在我们终于知道这是什么意思了,在超级 AI、大语言模型这里,唯心主义获得了最真实、最完美的实现,它就是一个封闭的超级"我思"。

正是在这个意义上,今天晚上,我想起了罗兰·巴特。上世纪八九十年代,我这样的文学青年熟读他的著作,似懂非懂地看到他铁口直断:作者死了。说老实话,那时我真的不懂什么叫作者死了,作者死了,那我们又是谁呢?遥远的塞纳河畔的咖啡馆里放射的烟花,炫目,很酷,但也仅仅如此罢了,是一个空虚的、不知所指的手势。但是现在,我想我忽然理解了罗兰·巴特,我忽然知道了他在说什么。罗兰·巴特把人类的所有书写想象成一个巨大的、无限膨胀的图书馆,这个图书馆在现代已经膨胀为超现实的存在,超出了任何个人经验和能力。在罗兰·巴特看来,所有的现代写作者,我们今晚在场的人都是在这个图书馆里游荡,我们其实已经远离了图书馆外边的原野、远离了我们的身体,我们在无数前人的梦境、无数前人的语法和修辞中游荡,在无数前人的宏大交响乐中力图发出微弱的回声,我们是响应者,不是发出声音的人,不再是那个作为创造者的作者,而只是在捡拾碎片,拼凑缝补我们的文本。

或者说,现代写作者是本雅明意义上的"拾垃圾者",本雅明甚至想象,在机械复制时代最恰当的写作就是写一部书,从头到尾由引文构成。

——从本雅明到罗兰·巴特,他们其实是科幻作家,在恢宏的现代纵深中想象未来。现在,我想我极为清晰地知道了他们在说什么,他们在上世纪的30年代、60年代所看见、所描述的情景正在清晰浮现,他们说的就是超级AI啊,说的就是ChatGPT,这庞大的图书馆取消了作者,它将提供无穷无尽的"引文之书",街道空旷清洁,连拾垃圾者都不再需要。

还有博尔赫斯,这个眼盲的图书馆长,在他的笔下,无边无际的图书馆是高处不胜寒的,是荒凉的、非人的。我想他是在说,如果我们真的置身于、囚禁于这样一个图书馆,那就是真正的虚无。

现在,请君入瓮,超级 AI 已经把这个虚无摆在了我们面前。今天晚上,真正的问题不是超级 AI 会不会砸掉我们的饭碗,而是,我们如何在超级 AI 在场的情况下,证明作者还活着、还在,证明我们依然是那个作为创造者的作者,证明我们能够捍卫人类对人的语言的主权。

我记得,在去年的"凤凰文学之夜"上,我曾经谈论过"作者"与"述者",我宣称我宁可成为一个"述者"。但正如余华和王安忆在比较人与超级 AI 时所说,人是会犯错的。人在急剧变化的语境中发言,不得不随时踩刹车、转赛道,自我打脸,"piapia"响亮。去年当我谈论作者和述者时,我的坐标是孔子,孔子述而不作,他把自己理解为变易的世界中的传统阐释者,勘定和守护恒常不易的价值,我希望以孔子的态度平衡这个时代"作者"的浅薄和狂妄。没想到啊,仅仅过了一年,我就得调过头来强调作者的重要性，我不得不告诉自己，必须全力以赴成为作者。因为，现在的坐标是超级AI，这个大他者不仅是一个超级述者，而且有可能成为最终的、唯一的作者。面对这个巨大的唯心主义机器，成为作者意味着什么？想来想去，我觉得别无选择，必须成为一个坚定的、彻底的唯物主义者。

这个"物"，既是指外在的世界，也是指人的身体，还有那个作为身体一部分的而不是从身体割裂出来的大脑。也就是说，相对于永生的、没有身体的超级AI，人的文学必须守护人的根基，回到我们的身体，作为人的存在基础的身体，这个大脑、这颗心脏、这双手、这一具皮囊，由此出发，向着马克思意义上的那个全面发展的人，那个实践和创造的人。在这个过程中，那绝对的图书馆被拆开了围墙，封闭的游戏被打开和敞开，物的身体和物的世界、真实的身体和真实的世界，这是我们对抗和冲破虚无的缺口。在我们与自身、与他人、与世界的真实关系中，文学创生人的语言，彰显人的存在。

必须回到"作者"的本意：他是创造者，他抵抗虚无，他在空无中确认有，他的信念是"惟陈言之务去"。而超级 AI，它的底层逻辑是"无一字无来历"，在文学艺术的意义上，它注定无可救药地平庸。我毫不怀疑，在很多情况下与超级 AI 合作将会成为文本生产的常态，比如在那种需要征用成规、惯例，推演现成的类型和模式的地方。在这些地方，语言不是奔向未知的荒野，而是在一条高速路上奔驰，我们当然知道这条路的起点和终点，那么为什么不把它交给自动驾驶？但是，也正是在这个意义上，超级 AI 重新界定着创造、重新界定着创造性的写作，超级 AI 时代的创作一定是冲出护栏、另辟赛道的写作。我甚至想象，今后的批评家会把超级 AI 作为批评基准，以此去衡量和判定作品的价值，掉进 AI 赛道里的，就不是艺术品而是工业品，就不要再开研讨会拼命去吹了。而当 AI 不知所措，在空白、停顿中焦虑和犹豫的时候，我们知道，人的创造时刻开始了。罗兰·巴特、本雅明和博尔赫斯预见到人类必将受困于那个无穷无尽的图书馆，但事物的奇妙辩证法在于，当那个图书馆真正出现的时候，无限之事终究暴露了它的限度，我们反而看到了出口。

现在，让我们幻想一下那最终的可能性：在未来，任何一个人都只阅读自己的诗或者自己的小说。不是杜甫、苏东坡写的，不是曹雪芹、鲁迅写的，当然，其实也不是你自己写的，是超级AI为你生成、为你写的。它会告诉你，这就是你的，因为它比你更懂你自己，就像 X 光和核磁更懂你的身体一样，它从内部把你照亮、把你投射出去，依照你的经验和习性、情感和欲望为你写诗，为你讲故事，甚至把你直接设置为故事的主人公。到那时，小说好不好不再重要，诗好不好也不重要，因为不再有普遍性，每个人就是自己的标准，然后，每个人都活在孤岛上、活在寂静无人的星球上。当我们只有自己的故事、自己的诗的时候，当所有的故事、所有的诗其实都出自一个无名的大他者的时候，在这个安静的、每个人都盯着自己的手机和电脑的世界上,也许,会有一个人、两个人、三个人,他们分别在某一天清晨有了一个念头——不,我不想再读这些垃圾,这就好像一个人每天靠着自己的排泄物的循环在活着。我要认识另一个人,我要成为另一个人的读者或听众,那个有姓名、有身体的人。我坐在他的对面,听他的故事,只有在如此个别、具体的他人的故事中,只有在面对面的确信中,我才能感知我的存在,我才真正获得了世界。

于是,在那一天的黄昏,一个陌生人站在我的面前,直视我的眼睛,对我说,求求你,别打开你的 AI。现在,说吧,对我说出你的故事,让我们诉说和倾听,让我们相互认识。

——在这幻想中的一天里,人类又有了最后的和最初的读者与最后和最初的作者。人的自然语言、人的文学,从根本上是为了保持和延伸人与人的关系、人与世界的关系。当我们读杜甫的诗,我们知道他是杜甫,是另一个人,带着他的悲辛、苍劲和宽阔站在我们面前,我们在这个人身上感受、勘探我们自身的可能和不可能。我们注视着梵高，我们确信如此炫目的色彩并非数字选择的结果，而是一个人生命的风暴，这风暴将裹挟我们。正是在这个意义上，我们和传统的关系、和已有的全部文本的关系不是一个知识问题，不是数据的检索和生成问题，而是我们作为有限的个体，以有限的生命去阅读、学习、体认、选择。我们每个人都是传统的"道成肉身"，把自己从传统中转化出来、发明出来、创造出来，成为那个坚实的、超级 AI 所消化不了的、最个别和最普遍的"物"。

——我已经说得太多了，但是我相信，我的此时所说，是超级 AI 不能生成的。它正在注视着我，这个人，在思考什么是创作，什么是文学，什么是机器的限度，什么是人的可能。这个人、在座的所有人，在思考如何成为"作者"。"作"这个字的意思就是创造，创造出只属于人的事物，属于我们的事物。然后，我坚信，五年后或者十年后，依然会有"凤凰文学之夜"，在那个夜晚能够站在这里的,都可以说,作者没有消亡,我们都是作者,我们捍卫了人类创造力的荣誉,捍卫了人对自己语言的主权。

2023年3月17日在"凤凰文学之夜"
4月2日,在翰林书院雅集
7月11日改定

作为哪吒的文学

(6)

在《收获》APP"无界写作大赛"启动仪式上

今天的主题是"心如原野，文学无界"。文学是不是无界的？我觉得当然有界，宇宙都有尽头，文学怎么会没有边界？但这文学的边界、这宇宙的尽头是变动的，可能在你家门口，或者在铁岭，或者是在喜马拉雅山，或者是在火星。我们必须在身体上、在人心里，在地上和天上不断探索、指认文学的边界。

刚才我们听了一场关于文学之"无界"的脱口秀。黄平说今天的文学太拿自己当艺术，我深有同感。他主要是在讽刺作家，我还想讽刺一下评论家。我们的评论家也太知道什么是文学，太知道什么是好小说了。我们对此太知道了，脱口而出，但不是脱口秀，是顺口溜，我们太像一个对生活和世界了如指掌的中年大叔，几杯酒下肚就在自己的经验和习惯里"嗨"了起来。自80年代以来，我们建构起纯文学的自律性，本来也是匆匆忙忙，各种凑合将就，日子长了就成了习惯，成了顾盼自雄、顾影自怜，成了傲慢与偏见，结果就是太拿自己当"艺术"。这样的所谓艺术不是活的艺术，是非物质文化遗产，这样下去我们的这个纯文学大概率会变成昆曲，兄弟姐妹坐一圈喝茶吟唱。我现在也学几句昆曲，清拍而已，唱得不好。昆曲很艺术，太艺术，行腔走板，差一点儿都不行，林黛玉进贾府，知道他们家规矩大，一步不能行错，于是乎昆曲变成了遗产。但是文学不能这样，文学必须是活的，文学要向时代、历史和变动不定的人类生活和人类经验开放，文学不能自律起来、封闭起来，不破不立、又破又立，破字当头，立在其中，文学永远要在它所不是中体认它自己是什么。

这个道理当然不是我的发明，大家都明白。大道理明白，落到实处、落到家常日用就未必明白。所以，我们这些批评家也很拧巴，谈文学谈小说，总体上说、概括地说，大家都是种种不满，不满意、不满足。但碰到一个个具体作品，那都是好，各种好,这叫个别表扬与普遍批评相结合。我们的头脑里有一个自律自足的文学"理想国",虽然柏拉图不喜欢诗人,但我们还是像柏拉图那样想问题。然而特别拧巴的是,我们是现代人,我们的"理想国"、我们的城邦里预设着变革和创新,这种变革、创新几乎是文学的合法性之所在,所以,我们必须在一个普遍性视野里释放我们关于变革和创新的焦虑。然后,在回到个别性的时候,我们已经放松下来了,我们回到了那个家常日用的舒适区,我们看不见那些让我们不舒适的东西,甚至能够抵达我们眼前的都注定是让我们舒适的东西。批评如此,文学期刊也是如此。

所以,我们也要警惕,我们是不是在很舒适地谈论"无界"。比如很多朋友谈到了文体问题,似乎所谓"无界"就是文体的混杂、越界。文体固然重要,但文体上花样百出其实解决不了我们的问题,演杂技耍盘子,眼花缭乱满天盘子,最后一收势,手里还是那两个盘子,并没有多出一个。比起"体"来,更重要的是"性",文学性远比文体重要。很多人都在谈论文学的衰微，这固然是我们大家都看得见的，但是，另有一件事大家可能视而不见，一方面是被我们现有的观念所固定的"文学"的衰微，但另一方面，是文学性的大规模泛化、扩散、流溢，文学性是水、是喷泉，溢出了"文学"的坛坛罐罐，四面八方淹了一地。所以我们面对的是文学的危机，而不是文学性的危机。刚才大家都在说脱口秀，我忽然想起李诞最近写了一本小说，那是绝对纯文学的，比纯文学还纯，一看就是当年文学青年里的先锋青年，加缪等托生转世。我就觉得很有意思，显然，李诞和我们是一样的，认为这个才是文学，我现在是在搞艺术，不是在搞通俗、庸俗的脱口秀。他为什么不想想，勾栏瓦舍、豆棚瓜架，脱口秀里可能自有一种野的、没有被指认和没有被充分赋形的文学性。他脑子里也有一个柏拉图式的文学城邦，其中是绝对没有脱口秀的，一定要把脱口秀演员赶出城门。

什么是文学性，它在哪里？在一个时代的生

活、感性、想象、话语和思想中,那个文学的幽灵、文学的风如何闪现和吹动,我觉得这是比文体、文类等更为根本、更为紧要的问题。这个时代需要我们发现和发明新的文学性,需要打开城邦的门,走到广阔的原野上去。

上午的议题是"文学革命",我发现每当触及"革命"二字的时候,朋友们都是一脸迟疑,可能是觉得"革命"二字何其激烈。我倒觉得"革命"用在这里没什么不恰当,我们党不断地自我革命,走过一百年的奋斗历程,文学没什么理由不自我革命。而且我认为文学革命的理由从来没有像现在这样迫切,只要眼光稍微放得远一点,视野稍微放得宽一点,我们就能够看到,一方面承平日久,我们守着艺术的小城邦,过着安定舒适的日子;另一方面,历史已经远远走在我们前面,时代已经远远走在我们前面;文明的形态、生活的形态,已经远远走在我们的前面;最根本、最重要的是,人本身已经远远地走在了文学的前面。我们在座的所有人,如果现在就架起测谎仪问一遍：你读那么多的小说你喜欢吗？你真的喜欢吗？你真的不厌倦吗？我不知道会是一个什么样的结果。这个时代的人到底是什么状况，自我与他人和世界是什么状况，这已经不是我们已有的文学观念、经验和话语所能够应付、能够赋形和表现的。如果说，文学面临着可能的衰微，那是因为文学需要革命。

我有时很怕读我们有些作家的创作谈。我感觉他是在展示他的文学小庙，里边供着各种各样的神。也许是吧，也许那真是他的神，但是，那些神都没有见过小庙之外的世界，文学说到底也不是对这座小庙、这些神负责，你又不是庙祝道士，你能不能直接面对小庙之外的星空和大地？

今天我发现，我在无意中好像炮制了不少华丽的格言，什么文学是强人的事业，文学是老狐狸的事业，对此我不打算负任何责任。现在我要提出新的格言，文学是什么呢？什么叫作心如原野、文学无界？当我们身处这样一个世界意义上、人类意义上的文明之大变的时候，为了让未来依然会有文学，我们需要什么样的品质和行动？

——我觉得，文学应该是哪吒。《西游记》里有孙悟空大闹天宫，那是革别人的命，很好；而另一方面，哪吒，这个童子、这个少年是革自己的命，他抛却已有的一切，走出他的庙宇和城邦，进入广阔原野，越过种种界限，获得一个新的心。他脱胎换骨，然后在原野中，摘一枝荷花，或随手摘一枝别的什么植物，就以此作为自己的身体、获得一个新的身体。我想，这应该就是新的、投入这个时代伟大变革的文学。

2021 年 7 月 9 日即席
2021 年 8 月 8 日下午据记录稿改定

人与自然、
人民与生态

(7)

在《收获》生态文学论坛和《诗刊》自然诗歌论坛上

这两年来,自然和生态书写蔚为潮流,《十月》《诗刊》《人民文学》《草原》各立名号,大力倡导。有的叫自然诗歌,有的叫自然写作,也有像《十月》这样,叫生态文学。如果我们大家投个票,选一个名号,我比较倾向于"生态文学"。

这件事要从"自然"说起。"自然"是个老词,老到老子那里,老子"道法自然",这是中国精神的根基。"圣人贵名教,老庄明自然",晋人论孔孟老庄之异同,结论是模棱两可的"将无同",名教和自然一体两面。"自然"派生出的文学和美学传统根深蒂固、至大至远。

但也正因为这个传统之深远,它对我们来说已经是自然而然,身在此山中,我们容易忽略这个传统本身具体的社会历史条件。最近在学术界,谈山论水成了显学,巫鸿从图像史、美术史的角度去讲,哲学家们以山水为中心,梳理远古自然崇拜以降的观念演进。我对此没什么研究，内行看门道，外行看热闹，远远地看去，感觉他们都不大谈图像和观念据以展开的社会历史条件。比如东晋之后，山水诗大兴，对后世影响甚巨，"石横水分流，林密蹊绝踪"，"鸟鸣识夜栖，木落知风发"，诗很美，但是，大家别忘了，写诗的是谢灵运，那是王谢世家啊，王谢堂前的燕子都知道这世上有阶级，谢灵运的诗怎么可能是人与自然浑然为一。表面上是人和自然的问题，稍微推敲一下，这里边还有人和人的关系问题。当年衣冠南渡、门阀政治，世家大族一路跑到江南，一边掠夺一边改造，建立起一套压迫性的生产方式和等级森严的社会结构，一小撮人鄙视、欺负绝大多数人，然后谢灵运他老人家站在社会顶端，穿着木屐徜徉山水、澄怀味象。历史的镜头也是势利眼，只追着他，他后面跟着一大群人伺候着，但在史书中都自动屏蔽了。物我两忘，物我之间那一大群人也被忘得干干净净。《宋书》里说，谢灵运"尝自始宁南山伐木开径，直至临海"。从原始森林里开一条观景小道，把"林密蹊绝踪"的问题解决掉，这活儿肯定不是他拎一把大斧自己干。谁干的？还不是一群农奴。所以他后边有一大套生产关系、上层建筑的支持，他的审美精神是具体的社会结构的分泌物。这种情况在古代大致如此，王维写那么多山水诗，很美，很静，但他是有辋川别业的，他是一个贵族抒情者，所以"人闲桂花落，夜静春山空"。陶渊明的情况有所不同，但陶渊明在他的时代本来就是特例，直到宋代经过苏轼等人的阐发，他才获得经典地位。

人与自然的关系，在审美意义上、抒情意义上，一定是复杂的社会系统、经济系统、政治系统、文化系统运作出来的结果。这个关系我们看在眼里的是"人闲""夜静"，后边一定有广大的不闲、不静。

当然，时移世易，这些诗已经脱离了它所产生的社会历史土壤，它不再是长在地上的花，它成了天上的星星，成为飘浮的能指。现在读它的时候，除了我这般煞风景的粗人，都不会看它背后的东西。谢灵运、王维是伟大的，一千多年后他们的诗依然运行在我们的心里、我们的口头，支配着我们的感受和表达。对于一般读者，这就足够了。但作为写作者、研究者，我们恐怕还是应该想得更多一些。处理人与自然这个主题的时候，我们背负着强大的传统。这个传统，它的观念、情感、修辞，都已经脱离了本来的语境，已经成为自动的抒情装置，预装在我们脑子里，它的功能就是让我们写不出所见，甚至根本无所见，眼前有景道不得，一大堆古人的话在我们心里等着。

我当编辑的时候，很怕诗人或散文家写自然，写山水，写乡土。有些人一提起笔来就"乡绅"附体，看山看水、看土地看村庄，都像个古人，而且是有闲的、其实也是有钱有势的古人。他要是穿越到东晋，肯定一头扎到谢灵运身上，到唐代，就是王维，扎到陶渊明身上也是个小乡绅啊，要不然他就拐个弯，飞过太平洋，扑到梭罗身上去了，反正他不会扑到千年前一个普通农夫身上。乡绅气是我们文学里一个老病根，时不时发作，也不限于和自然、乡土的关系。

日本的柄谷行人早就提醒我们，自然风景并非纯然客观之物，是通过主体的认知装置生产出来的。说白了大概就是，存在决定意识，你在什么社会位置上是什么人，决定了你看见什么景，风景是你的镜子。古人讲"景语"即"情语"，放大一些看，也是这个意思。"我见青山多妩媚，料青山见我应如是。"辛弃疾揽镜自照，英雄妩媚，跌宕自喜，但写这词时，他毕竟也是一方豪强。

中国现代以来，处理人与自然的关系，一个是周作人等人花鸟虫鱼的路径，上接古人特别是晚明，终不免像周作人那样，"绅士鬼"附体。还有一个是从西方浪漫主义、梭罗等接过来的路径。这两个路径有冲突，互相还瞧不起，但其实，作为现代主体，他们至少也是表兄弟或堂兄弟。我们文学中讲人与自然，其实主要讲的是"我"与自然，吾与天地独往来，做排除法，把中间一大摊事全删掉。在这一点上，现代传统和古典传统接得特别顺畅，周作人他们接晚明、接谢灵运、王维，梭罗一脉是洋皮土骨，其实是接陶渊明。但接得这么顺畅也有问题，这可能说明那个面对自然的现代主体还没有充分发育起来，更没有为自己发明一套新的认知装置。或者说，在我们的现代文学中，人与自然、"我"与自然的书写还没有经过现代语境的充分考验，不是从现代以来的社会历史条件中分泌出来的，基本上是从古代穿越过来，从西方空降过来。在人与自然之间，还有社会的、经济的、政治的、文化的种种中介，还有一个广大的生活世界，我们对此并没有充分地领会，这一切都没有收入主体之中。你看他在大地上、村子里转来转去，俯仰感叹，实际上，大地上的事不在他心里，他的心里是一大堆文本，他的写作是案头写作。"我"不在捕鲸船上，当然就不会遇见"白鲸"。这个问题一直悬置在那里，直到 20 世纪 80 年代，特别是 90 年代起，猝然面对超大规模的工业化、城镇化，人和自然的关系一下子高度紧张，而我们毫无准备，没有一套有效的认知装置。

——但是这话也不准确，我们其实曾经发明了一套非常独特的认知装置，不是从古典中来，也不是从西方浪漫主义那里来的，主要来自新中国社会主义革命和建设的实践，主要体现在十七年的文学艺术里面。一些年轻的学者对此做过研究，比如上海的朱羽，他写了一本《社会主义与"自然"——1950—1960年代中国美学论争与文艺实践研究》，就是讲新中国成立后的工业建设、农业集体化对自然观念的重塑，所谓"改天换地"，与此相应的是文学艺术中新的认知和表现模式。确实是这样，我们看长安画派的画，刘文西、石鲁等人，极具革命性。从古典绘画看下来，到这里忽然别开天地，有了全新的气象和语法，山水和自然不再是被静观玩味，它被置入一个庞大的行动和实践的视野里，由此带来了艺术上一系列革命性变化。这就是新的认知装置，后面是一个新的现代主体的生成，这是属于"我们"的"我"，是现代人民国家的主体性的确立。在文学中,你读周立波的《山乡巨变》,也有很多山水乡土的描写,但是完全没有乡绅气、士大夫气,生产方式的巨变、社会政治实践与自然景物深刻地相互映照。在这里,人和自然是另一种相亲,不是静观的,在心与物之间有了政治和劳动。

——这是革命性的,是非常超前的现代。与古典传统不同,也与西方传统不同,这是中国独特现代性的产物,出自人民主体,构成了我们自己的一个新传统。非常可惜的是,这个传统后来被悬置起来,很长的时间里被遗忘了。很多画家八九十年代又退回去了,还是笔墨意趣那一套,加了一些装神弄鬼的现代技法。在文学中也一样。

这个新中国新传统的革命性意义应该重新认识。人与自然的关系不能等同于"我"与自然的关系,从"我"出发回到"我",不管在古典视野里,还是在西方个人主义视野里,自然都被收进了自我的"内面",自然作为"大他者"、作为人类生活的条件、作为人类实践的对象的浩瀚意义由此就被屏蔽,就失落掉了。西方面对自然时那个"我"与殖民经验、与资本主义侵犯"荒野"的经验密切相关，这个我们是没有的。然后我们又把自己五六十年代的那个革命性传统悬置起来，剩下什么呢？恐怕就只剩下单薄的趣味与心情，现成的抒情装置空转起来，复制和输出成熟的、没有难度的修辞。

所以，我赞成"生态"。"生态"是个新词、新概念，当然不是说概念越新越好，重要的是这个新概念带着新的问题意识，打开了新的认知空间。"生态"包含着总体性，是人与世界关系的总和，你可以说"我与自然"，但你说"我与生态"就很怪，生态所对应的一定是广大的人群乃至全人类。这个关系不仅是审美的、哲思的，更是实践的和社会性的。生态这个词的英文是"ecology"，"eco"据说源自希腊文，是"家"的意思，这个"家"是人的家，人既为自己建设一个家，又被这个家所限定和塑造。而且，我再推论一下，既然是个家，它就不仅仅是一个场所、一个海德格尔式的栖居的地方，它还包括着生活世界，包括着切实的生产生计。在古典视野中，人和自然的关系是不怎么讲生计的，能想到这儿的人都没什么生计问题，它被很自然地屏蔽掉了，只剩下哲思和审美。但在生态视野中，你绕不开具体的人的生活，它把社会、政治经济结构收了进来。这也是"生态"这个概念的力量所在，它表征着某种总体性"危机"，自然不再仅仅是抽象、绝对之物，它作为现代性的后果、巨大的人类活动的对象和后果显现出来。现在的问题是，这个"家"陷入了危机，比如气候变暖、生物多样性等，而且这种危机必须通过全球规模的人类行动、通过对现代性的反思、通过社会和生活的革命性变革来解决。所以"生态"既是批判性的，又是建构性的，它认识和想象一种总体性危机，然后把"我"、"我们"和全人类都放到这个危机中，去展开总体性的行动。它当然追求人与自然的和谐共生，但这个人不仅是审美的、内面的"我"，它同时必须是"大我"，必须建构起更为自觉、更为主动的社会主体。

英国前首相约翰逊在（2021年）联合国气候变化大会上有一个讲演，呼吁停止砍伐森林。森林当然很重要，但这位首相忽然要表现一下他的诗人气质，他说，那些自然界的"大教堂"是我们星球的肺。我想，我们的很多诗人也会这么表述，森林是人类的圣殿等。这很有修辞效果，很抒情，据说源于19世纪的浪漫主义，夏多布里昂说："森林是奉纳神性的原初神殿。"但是，我在《法国理论》的公众号上看到，法国人把首相大人狠狠地挖苦了一通。大概是说，生活在森林里的亚马孙人可没想到那是教堂或神殿，砍伐森林关系到他们的生计，而他们的生计又深刻地被嵌入全球生产流通体系里。也就是说，你不能置身于亚马孙木材做成的家具之中，然后吟唱圣殿，按那个法国人的说法，这就是一种美学诈骗。在生态视野里，最应该警惕的，恰恰是绕过人类生活的根基飘在天上抒情的"我"。首相大人忽然飞起来扮演诗人，那是揣着明白装糊涂，而在我们的作家或诗人那里，可能是真糊涂，或者是懒惰和迟钝。抒情是重要的，但问题是这个情从哪儿来。我们需要一个新的、更大的认知装置，或者说，我们要建构起更为广大的、很可能充满矛盾的主体，把自然和人，把人的生产方式、生活方式、感受方式都放进去，把人的世界的过去、现在和未来放进去，以强健、复杂乃至庞杂的主体去观看、想象和书写。我的总的感觉是，在这里，纯文学的小说家们最为迟钝。这也难怪，他们已经被训练出了某种洁癖，不愿让稍大一点的、不那么"文学"的事物打扰自己，无法把"我"与绝对、抽象的自然之间横亘着的巨大世界收纳进来，所以一点也不奇怪。这几年能够有效、有力地处理这个主题的是科幻小说。诗歌，我看得少，不敢乱说，但欧阳江河的《凤凰》有这个气象。

　　话说到这儿，必须重提刚才谈到的新中国的传统。我们要在一个更广阔的视野里看待我们的历史和现实、经验和创造。中国走出了现代化新道路、开辟了现代文明新形态，其中很重要的一个维度，就在于人和自然的关系，在这个关系中确立了人民主体。党的十八大提出"五位一体"总体布局，其中包括生态文明建设，生态文明建设与经济建设、政治建设、文化建设、社会建设是一体的，是整个经济社会发展的一个有机组成部分。党的十九届六中全会《决议》[1]指出："生态文明建设是关乎中华民族永续发展的根本大计，保护生态环境就是保护生产力，改善生态环境就是发展生产力，决不以牺牲环境为代价换取一时的经济增长。必须坚持绿水青山就是金山银山的理念，坚持山水林田湖草沙一体化保护和系统治理，像保护眼睛一样保护生态环境，像对待生命一样对待生态环境，更加自觉地推进绿色发展、循环发展、低碳发展，坚持走生产发展、生活富裕、生态良好的文明发展道路。"——之所以要完整地引述这一段，因为它集中体现了习近平生态文明思想，生态被放在"五位一体"的总体性

---

[1] 即《中共中央关于党的百年奋斗重大成就和历史经验的决议》。

里，放在文明发展道路的总体性里。在这里，贯穿着一个巨大的、又是落实到每一个人身上的主体，就是人民。

这就是我赞成"生态文学"的原因。因为由这个"生态"可以通向新中国的经验、新时代的创造。这是以人民为中心的总体性的生态，在"人民"的主体性中，新的视野在我们眼前打开，新的认知装置必定会被发明出来。我们看电视剧《山海情》，你也可以说它是生态文学——这个时代的电视剧差不多就等于 19 世纪的长篇小说——它就是在中国人民的生产生计中，在中国人民的生活、发展和创造中去重新认识和观看自然，重新界定人和自然的关系。

所以，选择"生态"不是词的问题，不是概念问题，是世界观和方法论问题，是主体的位置和构成问题。生态文学当然包括自然书写、博物学书写等，但就文学整体来说，一种人民主体乃至人类主体的生态视野可以脱去乡绅气、士大夫气，在人和自然之间把广大的经济、政治、社会、文化收纳进来，在这样一个总体性上去重新想象，人是不是一定要这样，人的新的可能性在哪里，"我们"是不是一定要这样，我们中国人如何为人类创造和展开新的可能性。在这个意义上，生态文学面对着新的广大空间，它不仅仅在想象和决断人如何与自然相处，它也在想象人如何与自己相处、人如何与人相处，甚至想象如何成为一种新的人。这种新人不是回到千万年前，不是回到小农经济，而是说我们就在 21 世纪，我们面向未来，我们回不了头，继续向前走，但我们要重新设定人的条件。在这个意义上，"生态"是我们这个时代的一个核心命题，如何回应这个命题，一定程度上关系到文学的未来。

2021 年 9 月 4 日即席
12 月 20 日补充改定
12 月 24 日再改

"打工"与"壁橱"

(8)

在东莞"打工文学"高峰论坛上

刚才发言的几位老师，都提到了一个词，叫作"感恩"，认为"打工文学"作者应该对社会感恩。"感恩"当然是美好的词，有一年我去尼泊尔，人家告诉我，在这个国家，一年三百六十五天，有四百多个节日，每个神的生日都是节，印度教的神又多，所以差不多天天忙着过节。好不容易不过节了，一心烦又要罢工，天天有某个企业或行业闹罢工。所以，尼泊尔的 GDP 不高，但幸福指数很高。现在，中国人也喜欢过节，什么节都过，别人的节也拿来过。美国的感恩节，和我们一毛钱关系也没有，到了那一天，大家也狂发短信，感恩一番。但是，我读本尼迪克特的《菊与刀》，美国人观察日本人，对他们的感恩很是诧异。美国人的感恩是感上帝之恩，上帝也不会来要求你回报什么，烤个火鸡也不跟上帝意思一下，直接就自己吃了。日本人的感恩可就麻烦了，一个人欠着全世界的情，从生到死就是忙着报恩还人情，当然，同时也施恩于人。所以，总的来说，日本人活得比较累，一辈子忙着还债。日本人是这样，传统的中国人也是这样，"养儿方知父母恩"，这种说法日本有，中国也有。本尼迪克特很纳闷，不知这"恩"从何而来，但对我们来说，这是不言而喻的。感恩确实是东方文化中最深邃、最牢固的情感，我们就是在这样的恩义关系中感受生命的意义。所以，不管美国人是否诧异，我们还是应该感恩，对我们的父母、对大地、对社会深怀感恩之情。打工者当然也是这样。但是，我们也要警觉这种感恩中包含的某些等级制的东西、某些权力机制，这个问题，本尼迪克特旁观者清，看出来了。大家都知道，中国机场内的书店里都有一台电视，里边放着培训课程，声音很大、很铿锵，油头粉面的培训师对着匆匆而过的行人宣讲真理。我有一次忽然听见，电视里边那位正在大声疾呼，应该感恩，每个员工都应该向老板感恩，没有老板就没有工作，就没有什么什么。总之，老板不容易，扛着闸门，放我们去幸福。我当然也知道老板不容易，闸门掉下来很容易被关在里边。但我纳闷的是，为什么这位先生就没想到，老板也应该向员工感恩？为什么一定是小向大感恩、弱向强感恩、在下者向在上者感恩？看来这里边有一些根深蒂固的东西，马克思主义教育多年也没改变过来。我想，打工者们固然应该感社会之恩，但是，不要忘记，绝不能忘记，我们更要感打工者之恩。中国三十多年来的发展进步，根本动力就在于千千万万的打工者，没有他们，一切都无从谈起。我们都在分享他们用价格低廉的劳作挣来的红利，而这个世界对他们并不是很好。所以，与其说他们要感谁谁谁的恩，不如说，我们首先要感他们的恩，这个社会必须对千千万万的普通劳动者抱有真挚的感恩之心。

十多年来，我本人作为编辑编发了一些作品，包括郑小琼、王十月、塞壬、肖相风等，多少算是和"打工文学"有些渊源。最初看到这样一些作品的时候,我并没有从学理上仔细考量,我只是凭着直觉说,哦,这个世界上,有人这样生活着,而以前我们都不知道。通过他们的写作,我们意识到那些人、那些事是和我们息息相关的,就是我们的现实的一部分、生活的一部分。这些作品让我重新认识和调整我与现实的关系。从这个意义上,我觉得这些作品是好的。

至于"打工文学"这个词,刚才有很多争论,各有各的道理。我看半天时间不够,需要开一个星期的会来讨论,一个星期的会开完了恐怕还是没有结论,谁也说服不了谁。有朋友认为,"打工文学"这个概念损伤了文学性。有道理,但是,窃以为还有另一面的道理不可不察。最近莫言去领诺贝尔文学奖,全民围观,闲着也是闲着,总要找个话题争论一下,比如他要不要穿燕尾服。有一次,一群人坐在那儿,大家都说,不该穿燕尾服,该穿民族服装。问我的意见,我说我没意见,不过我请在座的先生们注意:你们此时穿的都是西装。他们想都没想到他们是穿着西装维护民族服装，这就是意识的盲区。当然，关于什么是民族服装，恐怕又要吵，而且吵不出结果。总之多大个事啊，既然是人家请客，自然要客随主便，穿西装是中国人，加个燕尾就不是中国人了？这是题外话。我想说的是，我们大家都看到了授奖典礼，那样堂皇、那样高贵，文学的价值得到了有力的彰显。社会和公众由此感觉到，哦，原来文学是这样体面。这很好，但是我们不要以为文学所追求的就是这份高雅体面，文学，从本质上说，和高雅体面没多大关系。文学和诚恳忠直有关系，和人的眼泪、痛苦有关系，和人在梦想与困境中的奋斗，以及人在生命中所经历的一切有关系。这一切不一定是高雅的，不一定是体面的。一个人在疼痛的时候体面吗？一个人锥心刺骨地哭泣时高雅吗？所谓文学性，根本的前提是众生平等，忠直地容纳尽可能广博的人类经验。我们不要变成公共汽车上的"上等人"，农民工让个座，他还要擦一擦才能放下屁股。"打工文学"这个概念是十几年里无数打工者一点一点写起来的，它不是书斋里推敲出来的，也不是文坛上立起的旗，它就是民间草根长出来的，我们不要叶公好龙，平日里言必称民间，真碰到民间又看不见了。所以，"打工文学"，已经这么叫起来了，不准确、不高明也没什么要紧，伤痕文学、寻根文学、知青文学，有多准确多高明？这种叫法起码是有鲜明的身份关切，一开始就在问"我是谁"。

刚才有人谈到《少年派的奇幻漂流》，现在很火的一个电影，我建议大家去看看小说，小说比电影好。这是一部探究身份问题的作品，那个 Pi 从小生活在印度的一个法国飞地，他是印度人，但又深受法国和西方影响，基督教、伊斯兰教、印度教，全在他一个人身上，他就像一个小小的万神殿。每一重身份就是一个看世界的视角，所以，他是在多重身份中、交叉纠结的视角中来思考世界、思考生命。我们每个人其实都有多重身份，这些身份界定着我们和世界的关系，由此形成了错综的自我意识。80 年代以后，有鉴于过去的文学把人简化为一种身份，大家都在努力发现身份的混杂。比如你是一个打工者,但又是个九头鸟湖北人,还抽烟喝酒,还是个多情种子,还爱看武侠小说,还是个"80后",等等等等。在这种混杂中,文学力图从整体上把握人,力图还原出生活的复杂性。这当然是对的,实际上,一些"打工文学"作品的问题就在于只看到一重身份,就是一个打工者,很多时候,人没有自己的名字、自己的血肉,他不属于自己而只属于一个群体。但是,这并不是说,在人的诸多身份中,每个身份的重要性都是一样的,我是个烟鬼和我是个文人,哪一个更重要一些?总有某种身份更具根本性,确立着一个人与这个世界的关系和位置,烟可以戒掉,有些东西像"红字"一样沁到骨子里去不掉,你喜欢也好,不喜欢也好,一辈子都要和它纠缠。打工者可能就是这样一重身份。就像王十月刚才说的,如果你曾经因为没有暂住证而被收容过,这个是不可能忘的,它会在暗处持久支配着你的生命。有些人听到"打工文学"这个词马上觉得不高级,这是受了80年代以来文学思维的控制，觉得这种单一身份不够复杂。但是，我们还要看到，有的身份确实具有本质性，你抓不住它，你就抓不住要害，这个要害抓起来，作家才有可能打开这个时代的经验中某些深邃的、极为复杂的层面。所以，既要见树木，也要见森林，西瓜和芝麻是不等量的，打工者这重身份就是西瓜。你抓住这重不一定写好，但丢了这个一定写不好。

但是不是抓住这个本质性的身份就够了呢？当然不够，这重身份不是一件武器，而是一个场所、一片原野，需要我们警觉地探索。今天我听着这些争论，忽然想起两个月前，中国作协召开了一次汉学家文学翻译国际研讨会，把世界各国的汉学家请到北京。世界上研究中国文学的人很少，搞翻译的也很少，他们很寂寞。假设一个人在埃及研究和翻译中国当代文学，他可能连一个说话的人都没有，所以作协每两年把他们请来说说话。在和这些朋友交谈的时候，我问："行程是怎么安排的呀？"他们说在北京两天，然后去上海，然后回家。我说很好,但是如果一个人多年不来中国,来一下只去了北京和上海,我想他很容易形成错觉,很容易觉得中国就是这样的:高楼林立,令人目眩。就像最新一部《007》里面的上海,几乎是一个未来世界。平心而论,我们北京和上海的都市景观与欧美相比已是有过之而无不及,欧美一些城市比起北京、上海,比起广州、深圳,那其实土得很。但是如果你据此形成对中国的印象和判断的话,那就一定包含着幻觉,包含着偏差。某些很重要的东西你没有看到、你没有意识到。外面的人,他们对中国现实的丰富性缺乏体认,同样的,他们也常常忽视了中国文学的丰富性。所以,我提醒那些朋友们,除了注意莫言、余华等大作家之外,他们也应该留意到中国还有很多很有意思的作家。我记得我还特意提到了今天在座的广东的、东莞的作家,比如王十月、郑小琼、塞壬。我不知道我的提醒是否有效,今天我想说的是另一种提醒:无论是外国人还是中国人,我们在面对这个世界乃至面对自己的时候,或多或少都会被我们自身的偏见、幻觉所支配，或多或少都会只看到什么，而看不到什么，都会受限于自己在这个世界上、在社会中的身份和位置。现在是互联网的时代，千百万人成天在网上说啊说，这是不是意味着我们对世界的看法就比较真实准确了呢？千万个臭皮匠是不是就顶一个、一百个诸葛亮了？我看也未必。我有时觉得，互联网时代也是偏见和幻觉大行其道的时代，由于能够召集起众多的人，偏见或幻觉可能更为强大和自信，很多时候变成集体性的，变成集体有意识或集体无意识、集体撒娇或集体发昏。在这个时代，一个人独持己见并不比以前容易，我看可能倒是比以前难了。就文学而言，我们要不断地去看破那些遮蔽我们的东西，包括那些在去蔽之后形成的新的遮蔽。文学追求真实，什么是真实？真实并非是像石头一样等着我们去拿的东西，真实可能就是我们视而不见的东西，我们有意或者无意不去看的东西，它在社会的某个地方或者人心的某一面暗自存在着，但是在我们眼前等于没有。或者说，真实不是某种被意识到的东西，而是在意识与意识的缝隙之间，悄悄流逝的东西。

　　昨天北京大雪，下午一点半的飞机，一直等到六点半才起飞。所以来东莞的路相当漫长，比去德国还长，几乎花了十个小时。我是一个经常飞的人，这重身份有独特的意义，如果你经常旅行坐飞机的话，你会逐渐变成一个脾气很好的人，顺受天气和人事的无常。虽说大雪，但三点的飞机都飞了，你还被关在飞机里，这时你知道，急也没用，问也没人告诉你，只好睡觉，睡醒了看小说。昨天我看完了一本小说，很薄，名叫《长崎》。长崎是日本的城市，但这书是法国作家埃里克·法伊写的。很小的一个故事,在长崎真实地发生过，被日本的报纸报道过。故事讲的是一个中年男子，在气象台上班，独自住在一所房子里。这个独居的男子回了家后总感觉不对劲，比如打开冰箱发现果汁被人喝过，明明记得没喝啊。于是就在面包、奶酪上做个记号，结果发现还真是有人吃了。于是他就在屋子里装上了摄像头，每天上班的时候，一边关注天上的风云，一边看着他空旷的厨房和卧室。终于有一天他看到有一个女人在他的房间里。赶紧报警，这个女人被抓起来了。原来是女人失业了，没有工作和居所。长崎的社会治安大概比较好，一般是不锁门的，女人在街上转来转去，发现男人是独居的，于是进去了，转了一圈，发现一个房间是客房，从来不用。客房里有一个很大的壁橱，上下两层，于是这个女人就在这个壁橱里和男人共同生活，当然，男人不知道。这件事到此为止，都是社会新闻，还不是文学。如果我们看报纸，这些信息完全够了。但是小说家还要往下写。首先写这个男的，他把女人送到了警察局，审了判了，但不知道为什么他总有一种不踏实的感觉，回了家站在那间客房里，看着女人住过的壁橱，看着看着，男人爬了进去，躺在里面……然后，法伊放下这个男人，写这个女人。这个小说比较短，四五万字，最后大概用了三千多字来写这个女人。女人给男人写了一封信，解释了她为何要住在这个壁橱里。随着这个女人的叙述，我们逐步知道了一些我们在社会新闻的层面上永远不会看到的事情。原来这所房子正是女人童年时住过的房子，在这所房子里，她经历了生命中的第一次失去，失去了父亲与母亲，由此开始了在社会中的一系列失去。作为一个失败者，她后来加入了日本赤军，赤军是日本20世纪70年代激进的左翼组织，但是后来赤军也失败了。这个一无所有的女人，有一天她重新回到这里，看见了这所房子，于是进去了，她就躺在那里。

任何小说的复述都是很乏味的，我复述这个小说是因为我觉得它可能与我们今天讨论的话题有些关系。这个小说探讨的是，人可能永远不知道他的房子里、生命里是否有那么一个壁橱。比如那个男人，他忽然发现，他竟然和另一个人有着那么密切的关系，原来不是别人闯进他的家，而是他住在别人家里。小说的名字为什么叫《长崎》？因为长崎几百年来就是日本的一个通商口岸，幕府时代奉行锁国政策，外国人去日本只能住在长崎,相当于1840年前的广州,所以那里到现在中国人还特别多。小说在谈到这段历史时写道:"长崎很长时期一直就像日本这个大公寓尽头的一个壁橱,这个公寓拥有一长溜四个主要房间:北海道、本州、四国和九州;而帝国在这长达二百五十年的历史时期,可以说就这样假装不知道。"所以,这个小说是从历史到个人生活,探讨我们的"不知道",我们是否知道我们生命中、心灵里的"壁橱"?是否知道世界上、社会中的"壁橱"?人和社会如何在勘探中扩展和深化他的自我意识?这也正是文学要探索的问题。打工生活曾经是一个"壁橱","打工文学"的说法因此是有意义的,不管是不是令人不安,它打开了这个壁橱。但是,进一步说,当一个写作者,体认和坚持他的打工者身份时,他也应该警觉,他自己、他的生命内部是否存在一个或很多个"壁橱"?一种身份意识向着人类心灵和存在敞开,它在文学上才是有效的。刚才我听到那位朋友对大家发出呼吁,说对"打工文学"不要苛求,对"打工文学"写作者不要苛求,这种呼吁中必定包含很痛切的个人体验,说明不公平的"苛求"是存在的。但是,我还是要说,作为一个写作者,必须对自己苛求,必须警觉地去寻找勘探自己心里、生活里的那些壁橱。——在这个意义上,我想,尽管"打工文学"已经取得了很大成就,但前边的路还很长。

2012 年 12 月 13 日即席
2013 年 1 月 13 日据录音稿改定

那座跳伞塔，
它还在吗？

(9)

在河北大学莲池文学周开幕式上

在我很小的时候，我认为世界上一共有两所大学，一所是河北大学，因为我当时就在保定；另外一所是北京大学，因为我父母是北大毕业的。对当时的我来说，北京无限远，保定在身边，所以我认为河北大学就是我的大学。现在，我终于来到了河大，来到了我的大学。人间路远啊，对不起，来晚了。

1968年，四岁时我来保定，1972年离开这里去了石家庄，今天是第一次回来。对我来说，保定就是故乡。我母亲是保定人，上大学之前，填表的时候，我的籍贯都是填的保定。更重要的是，我最初的一点儿记忆都是关于保定的。我生在天津，但对天津毫无记忆，太小了。但是这次回来，走在街上，我感到保定其实也是一座陌生的城市，重来如同初见。直到看见莲池书院，接天莲叶无穷碧，映日荷花别样红，我才认出这是我的保定，岁月流转，人事翻新，莲池的荷花有情有信，年年此时盛开。

保定四年，我在这里开始识字、读书，识字读书寻常事，我都忘了，我只记得一些大事，比如打架。我在保定打完了这辈子所有的架，此后再没有跟人打过。在最严重的、史诗级别的那次大战中，我打破了对面楼上小孩的脑袋，血流了他一脸。他爸他妈打上门来要说法，我妈给出的说法是，当着他们的面把我打了一顿，打的是屁股。恢复和平之后，我妈很得意，自言自语地说："扯平了！屁股和脑袋是平等的。"但是我对母亲大人的平等观一直有所怀疑，因为直到我离开保定，那个小朋友见了我还是一副这事儿不算完的架势。现在，茫茫人海里，找不着那位兄弟了，他还好吗？消气没有？那事儿完了没有？

这就是我的保定，可说的实在不多。现在让我们回到文学，可说的话就很多了。现代以来，保定是一个被反复书写的地方，浓墨重彩，我们在文学中见识的北方大地、北方大平原，大多就是保定。梁斌《红旗谱》的保定，李英儒《野火春风斗古城》的保定，还有孙犁笔下的荷花淀，徐光耀的《小兵张嘎》，冯志的《敌后武工队》，还有电影《地道战》《平原游击队》，都是我们保定地区的故事。我们的保定啊，它曾被这么多作家与艺术家热烈、生动、精妙地表现，很多人由此记住了这里的平原、山地、湖泊，记住了这里的风声、钟声、枪声、月光、荷花和人。但尽管如此，放下书本、离开电影院，人们似乎还是不大记得住保定。什么原因呢，我也不知道，我只能说说我个人的感觉。

我刚才说，离开之后再没来过保定，这是不准确的，事实上我不知多少次在京广线上路过保定。"沉沉一线穿南北"，从北京出发，不久就是保定，但这时，你刚把自己安顿妥当，漫长的旅程刚刚开始，你不会想起在此处留意留心。而在回北京的路上，经过了无穷无尽的单调的大平原，我们倦怠了，我们已经不再望向窗外。列车在保定经停，车厢里沉闷的倦怠开始松动，人们支楞起来、精神起来，脚终于要踏上地面、水终于接近了海，快到了，马上就到了，下一站就是北京。也就是说，在我内心的那张地图上，保定不是经过千山万水将要抵达的地方，它被设定为经过、路过的地方，那座宏伟的、光辉灿烂的大城才是起点和终点；而保定，它是起点后和终点前的最近一站，我们顾不上它，它不是起点和终点，它是起点和终点的附近。

人类学家项飙提出了一个概念，叫作关注你的"附近"。是的，我们每个人都是一个小小的中心，一个小小的起点和终点，在这个起点和终点上，人最容易忽视的可能恰恰是他的身边和附近。在这个互联网时代，人人都可以成为批折子的皇上，心怀天下、经略天下，但放下手机，我们对附近事、身边事却茫然无感、茫然无措。但是，我们现在要谈的是另外一种附近，地理和国土空间的"附近"。这个附近不是以个人为中心确认的，它依据着更为广大的地理、政治、经济、社会、交通、历史、文化等因素和关系。在这些因素和关系的共同作用下，我们形成了关于我们的世界的内在的地图。这张地图，或者这个空间结构中，有些地方是"附近"，很近，由于近，反而很难被注视、被注意。

《中庸》说，行远必自迩、登高必自卑，说的是，山要由低向高爬，路要一步一步走，到远处去，必须从近处开始。这个"迩"就是近，"遐迩闻名"就是远近皆知。总之，道理是这个道理，但这里也有一个小问题，就是，你心里怀着一个远方，收拾起行李启程前往，固然是不得不"自迩"，但这个"迩"只是经过的地方，它是过程不是目的，它在地理上是近的；但是我们想一想，它在心理上其实是远的，坐上马车、汽车和高铁，倏忽而过，我们顾不上在这里留心留意，这里是空间运动过程的"中间"。

我们的保定之所以不容易被记住，也许就是因为它是这样一个地理和心理上的"附近"和"中间"。现代以来，保定其实一直在漂移——在它与北京、天津、石家庄的关系中漂移，在这种相对的空间关系中不断被挪动位置、重新界定。清末，它是直隶总督府所在，保定旧称"畿辅"，畿辅是什么？就是帝都附近，拱卫京师。进入民国，北伐之后，北京都变了北平，保定更是渐渐被遗弃在大平原上，直到抗战，这里成为了"敌后"。进入新中国，河北省会定在了天津，后来，糊里糊涂省会就迁到了保定，很快又慌慌张张迁到了石家庄。我们家跟着省政府一路搬家，从天津到保定，又从保定到石家庄。现在，有了雄安新区，保定的相对位置再次大变，它不仅是北京的"附近"，它还是雄安新区的"附近"。所以我们看，保定一直在这里，保定又其实不在这里，它在空间中被不断地挪移、折叠、重置。

而在孙犁、梁斌、李英儒、徐光耀等前辈笔下，保定作为一个空间有一种缠绕的双重性，它既远又近。在革命地理学中，保定是"边区"、是"敌后"，20 世纪中国革命贯彻着一种深刻的空间力学的战略思维：农村包围城市、边区反抗中心、敌后游击敌人。在这样一种思维里，保定这样的地方，相对于北平、天津这样的中心城市,固然是地理上的"近"和"迩",但同时,在总体的空间政治地缘关系里,它又是"远"和"偏",是总体结构里相对薄弱的缝隙,是敌人顾不上想不起的地方。革命者调转了远和近,他们把这种相对的"远"做成了自己的"近",做成了自己的本地、自己的"根据地"。这个"根据地"充满了动能,一方面,革命志在远方,武装割据最后夺取全国政权,要席卷天下;另一方面,革命又必须有根有据,在本地、在"这里"深深扎根。

这种向着天下的总体运动中的在地扎根,这种地缘空间的悖反和流动,塑造了现代革命文学传统中的保定。这里是革命的火种播撒和燎原的地方,这里也是革命在文化上扎根的地方,在觉醒和革命中,这里是壮怀激烈、慷慨悲歌之地。兵戈之气大盛,出了那么多战争史诗、英雄传奇,这里的大地被想象、修辞,艺术和美学从外部和内部同时被打开和照亮。我们的前辈,他们不仅仅是在讲述发生在保定的革命故事,他们也在革命中创造一个历史的和审美的保定——在现代中国的巨大历史运动中、在空间结构的整体性错动中,保定和围绕着保定的冀中平原醒了、活了,获得了主体性,形成了一种现代的、革命的"平原美学"。

——作为开幕致辞,我的话已经过于长、过于缠绕。大家可能已经看出来,我也很不容易啊,"少小离家老大回,乡音无改鬓毛衰。儿童相见不相识,笑问客从何处来"。我离开保定太久了,贺知章的那首诗里,他至少还乡音无改,他的口音标记着他和那个地方的联系,可即使如此,他在故乡依然不能被认出来,他已经是陌生人,来自别处。面对一个儿童,他发现故乡已经离他远去,作为一个地方、一个空间,故乡原来不仅是一个地理实体,它还有一个时间的维度,故乡在生命和时间中流动,而我们自己只是长路上的旅人。

保定也是如此,正如我刚才所说,它是一个不确定的、流动不居的空间,它在记忆中、在往昔的时光中等待着我们,但这种等待可能恰恰是为了提醒我们它已远去，它不在这里。对古人来说，这也许仅仅是自然时间中的漂流；对我们来说，除了自然时间，还有历史时间，现代历史就是在不断地重构空间。所以，我们的生活中、我们的文化和文学中，正在经历着一种新的地方性、新的地方意识的创生。莲池文学周的活动中有一项是京津冀作家与粤港澳大湾区作家的对话，这种对话隐含的前提是，作为地理和地方的空间正在重新成为问题，这个问题的展开正在修改和重置我们存在的根基。而这样的对话和讨论在保定举行真是选对了地方。

保定提醒我们，正如故乡是在时间中建构的那样，地理的空间其实也是时间的造物——当然，这里的时间已经不仅是以个人生命为尺度，它在现代另有一个名字，叫作历史。

这个在历史中不断流动、变形、重构的空间，本身就是现代性的根本表征。别忘了，现代性的历史起源中就包括着地理大发现，那就是开启了对地球空间的大规模重构。然后，在现代化过程中，这种地理空间的大规模、高速度变化正在成为日常经验，正在被我们当作自然之事自然地接受。

在所有的文学教科书中，关于时间、关于历史，都被设定为文学不言自明的现代本性。但是，保定提醒我们，不要忘了，还有空间，就地理空间而言，它已经不是前现代的地久天长中不言自明之事，空间已经成为时间和历史的另一个面向。

保定提醒我们，正是在历史中、在时间与空间的现代演变中，一个地方有可能成为艺术的和美学的引爆点。当我们忽然意识到把握这个正在变动的空间就是一种历史行动，就是一种历史实践时，这个地方就会在犹豫不定中忽然获得结构和方向，将混沌的生活和存在结晶为艺术的光亮。

所以，我要说，我正在爱上保定。在今天之前，我并没有爱上保定，保定于我当然重要，它是我生命中的一部分，是我的血液里溶解着莲池的荷花、马家老鸡铺的烧鸡，还有八宝酱菜的那几滴血。这当然重要，但再自恋的人也不会爱上自己的几滴血。只有当保定成为了思考、审美的对象时,我才忽然意识到:它吸引着我,但我其实不了解它,它的性格中有一种令人困惑的中间性,它是空间运动的中间,它不是起点、不是终点,它是在路上。在这无穷无穷的大平原上,一座城市在路上,这就是保定。我因此意识到,我爱保定。

话说到这儿,我忽然想起十一中的跳伞塔。保定十一中已经不在了,我母亲当年在那里当老师,她那时多年轻啊,比现在的我年轻多了。学校的后边有一座跳伞塔,高耸到蓝天里,下面是一片沙滩。我妈经常跟我说:"去,自己玩去,到海边等我。"她所说的海边,就是那片沙滩。当然,我从来没看见有人从塔上和天上跳下来,落到沙滩上。在保定,在华北大平原的腹心,我没见过人飞,但我知道了人会飞;我没见过大海,我也知道了沙滩的尽头就是大海。跳伞塔不知道是否还在,一位年轻的母亲和她的孩子在20世纪70年代早期,曾经一起坐在那座塔下。我问我母亲:"从塔上跳下来真的会没事儿吗?"我的母亲,大家不知道,她是一个奇妙的人,她说:"没事儿,有风呢。"我说:"可是现在没风啊,现在不能跳吧。"她说:"你只要敢跳,沙滩就会接住你。"当然,她马上就紧急刹车、一把揪住我的脑袋,说:"你要是敢跳,看我不打死你!"

好吧,我都不知道我在说什么,我只是忽然想起这件事。最后,你们能不能告诉我,那座跳伞塔,它还在吗?

2023 年 7 月 2 日即席
12 月 27 日改定

黄鹤去哪儿了?

(10)

在 2023 武汉文学季开幕式上

我有多久没来武汉了？大概六七年了。昨天，飞机在武汉落下，我坐上车一路向城里驶去，暮霭沉沉，华灯初上，忽然想起杜甫的诗："人生不相见，动如参与商。今夕复何夕，共此灯烛光。"这座城市已经有点陌生了，重来如同初见。看着车窗外的这座城市，我是由衷地感慨赞叹——我们的大武汉真是雄伟苍茫！

我刚从欧洲回来，这一趟去了布达佩斯、罗马、法兰克福，都是欧洲史乃至世界史上的名城。但是我确信，走遍世界，很难找到武汉这样一座大城，不仅是城市大，行走在这座城市，你还能感觉到天地之大。武汉真是占尽了江山形胜，这就是毛泽东主席在《菩萨蛮·黄鹤楼》里写的，"烟雨莽苍苍，龟蛇锁大江"，真是写得好啊，道尽了武汉之大、武汉的形胜所在。

这是很不寻常的。任何一座城市，出自人力，也出自天意,天意是自然地理,人力是历史的选择和创造。在武汉,天的兴致高,人的兴致也高,这一座城市真是神来之笔。我们的祖先,要修建一座城市,他们从哪里开始呢?先要起一圈儿墙,把自己围起来。既是为了防范和抵御外敌,也是为了把自己与外面那无穷无尽的荒野区隔开来。城墙里面是人的生活、人的世界,城墙外面是凶险莫测、有着洪荒之力的大自然。但武汉是特殊的,武汉围不住,长江携带着一群大湖贯穿而过。一条浩荡大江,把这座城市从内部打开了,让它向着天地敞开。长江引领着、召唤着每一个生活在这座城市的人、每一个来到这座城市的人,我们的目光跟着长江而去,我们的心也就跟着它向着辽阔大地和无尽的长天而去了。武汉是英雄的城市,首先是因为武汉是一座见天地的城市,长江开天辟地,它让人的目光广大,也让人的心广大了。毛泽东主席喜欢武汉,据说他一生中四十八次来到武汉,我相信正是武汉这种巨大的空间尺度、这种"所向无空阔"的豪迈,使得英雄愿意停留在此地。

也正是这样特殊的空间构造，激发着一代又一代的诗人。大家都记得崔颢的《黄鹤楼》，据说李白到了此地颓然搁笔，没办法写了，"眼前有景道不得，崔颢题诗在上头"。这是个传说，反正我是不信，李白何许人也，他怎么会被崔颢难倒。崔颢的《黄鹤楼》，大家都说好，我也觉得好，但是他从第一句写到第八句，句句是眼前事："晴川历历汉阳树，芳草萋萋鹦鹉洲。"而李白，站在黄鹤楼上，披襟当风，御风而飞，他一眼就望到了长江，望尽了天际，"孤帆远影碧空尽，唯见长江天际流"。他的《黄鹤楼送孟浩然之广陵》，胸襟眼界远迈崔颢。到了毛泽东主席，"茫茫九派流中国，沉沉一线穿南北"，这是一个宇航员的视角，是如神一样的视角，俯瞰天下大地。

从崔颢的《黄鹤楼》，到毛泽东的《菩萨蛮·黄鹤楼》，这里面有一个小问题，也是今天要讲的主题，叫作"黄鹤去哪儿了？"，崔颢怅惆于"黄鹤一去不复返，白云千载空悠悠"；毛泽东感叹道："黄鹤知何去？剩有游人处。""知何去"，这是个疑问句，说的是不知何去。黄鹤飞走了，剩下白云和游人。那么问题就来了，黄鹤去哪儿了？它为什么就一去不复返了呢？

在武汉，在黄鹤楼上，这个"黄鹤去哪儿了"的感叹和疑问，其实也是中国人的生命里、中国文化中一个根本的感叹和疑问。"黄鹤去哪儿了？"这问的是什么呢？是在问时间都去哪儿了。黄鹤带着留不住的时间，带着我们正在经历的每一个此时此刻，一去不复返。但是它去哪儿了？

我认为，黄鹤就是一只时间之鸟，从中国人的生命中飞过。子在川上曰："逝者如斯夫，不舍昼夜。"在孔夫子看来、在中国人看来，这奔流不回的大水，正如同我们生命里逝去的时间，如同我们走过的日子。在武汉，在黄鹤楼上，从古人到今人，望着长江从眼前奔向天际，感受着天地之大之无尽，也感受着此生的短暂和有限，在天地的无限和生命的有限之间，我们执着地、深情地注视着、凝望着、记忆着和怀想着我们生命中最珍贵的那些时刻。"日暮乡关何处是"，说的是我们的故乡，是我们经历过的美好的人和事；"故人西辞黄鹤楼"，说的是故人，是曾经和我们共同生活而注定别离的人，是我们如此爱的人、如此敬重的人。这一切已在或将在时间中远去，大江东去，黄鹤不返，它去哪儿了？这一切去哪儿了？这个"黄鹤之问"，是中国人生命里根本的忧伤、感叹。而天行健、君子自强不息的精神也正是由此而来："把酒酹滔滔，心潮逐浪高"，深知天地之大，深知生命的有限，深知时不我待，一个人要担负起对天地、对苍生的责任。

所以，在武汉文学季上，我们应该首先回到崔颢的诗、李白的诗、毛泽东的诗，回到中国文学这个最为深长的传统，那就是看得见天和地，感受到天地之寥廓，由此也看得见人生的有限，体认对人世、对此时的珍惜和承担。2023武汉文学季的主题词特别的好，叫"英雄城市文学先锋"，就应该从这里开始，英雄之心就是天地之心，文学之眼就是黄鹤之眼，有这样的心、这样的眼，我们才能看见和写出这样一座大城里、千家万户的人群中那些至大至微的事和情，才能抵抗时间和遗忘，让人间故事和消息恒久流传。

在这座城市的浩大人群中，有一个人，她叫池莉。她是位小说家，好多年前，她写过一篇写武汉生活的短篇小说，就这个短篇，从根本上塑造了我对武汉人、武汉生活的印象和认知。这个短篇的名字叫《冷也好热也好活着就好》，这个名字如此之好，三十多年前我第一次来武汉，反反复复想到这句话，觉得真是道尽了此地的烟火气和英雄气。在这样一座城市里，无数普通老百姓的生活，他们的冷热、悲喜、烦恼、颠簸坎坷、得失算计等等等等，池莉写得那么传神贴切；更好的是，她在人生的种种困顿不易中写出了英雄气，写出了普通人生命里的大江东去、金戈铁马、慷慨磊落。如此热闹、热烈地记下人们对人世、对此生的爱、执着和珍重，这就是一种配得上这座城市和它的人民的文学。

黄鹤去哪儿了？这确实是一个问题。我相信，那只飞走了的黄鹤，携带着人们的过往和此时的黄鹤，承载着记忆和情义的黄鹤，很可能又悄然隐秘地回到了人群中。他成为了一位小说家，成为了一位诗人，他赓续着一种特殊的传统和技能，帮我们记住我们正在经历着的这琐屑而壮阔的生活，帮我们留下我们在生活中的那份深情、那份惦念和信念。这回到人群中和我们一起生活而独自书写的黄鹤，他就是文学的先锋。黄鹤去哪儿了？时间去哪儿了？文学家们应该证明自己就是那只黄鹤，在精神上回应和引领正在这里、正在此时的人们。

2023 年 10 月 26 日上午即席
11 月 2 日凌晨改定

有机村庄与点灯

(11)

在首届丝绸之路木垒菜籽沟乡村文学艺术奖颁奖仪式上

在此之前，我不知道木垒。只听说过菜籽沟，新疆的一座山村，刘亮程在此落草为农。那天飞了半日，到了乌鲁木齐，问道："菜籽沟在哪里？"答曰："在木垒。"再问："木垒有多远？"人家说："不远。"好吧，这个不远的地方昨天开车跑了三百公里。

在菜籽沟，亮程办了一座木垒书院。我算是识得几个字的人，昨天一下车，就看见"木垒书院"四个字刻在门口的石头上，闲站在门口端详这几个字，看着看着，就觉得这个"垒"字不对，这个"垒"是个简体字。祖先造字原本是有道理的，比如这个"垒"字，繁体字中，应该是上面三个"田"，田地的田，下面是"土"。木垒这个地方，它的意思是什么呢？是土地上，人们通过耕作和劳动开出的田，然后这片田上又长出了"木"，生长着草木和作物。可叹后人怠懒，凡事图省事，现在那三个"田",就被那三个"厶"代替了。

说起这个,是因为想到了我们的木垒菜籽沟文学艺术奖。今天,贾平凹老师获奖。昨天晚上,有朋友问我,说我们这个奖,在中国算是一个什么样的奖。我喝了几杯酒,管不住舌头,一张嘴就说这个就是中国最高的文学艺术奖。朋友们听了很高兴,当然,他们也知道,我是在借酒胡说。但是,后来看着"木垒"两个字,我忽然想到,这个菜籽沟奖,它其实是中国最低的文学艺术奖。它低到了泥里、土里,低到了田地上,低到了村庄里,它就是这样的一个奖。

这泥土,这田地,这村庄,是我们所有人的故乡,是中国文明得以生长存活的真正的土壤。

我记得钱穆先生曾经把中国文明和古罗马文明相比较,他说罗马文明也很伟大,辉煌宏阔。但是,罗马文明就好比是一盏巨大的灯,只有一盏,就在罗马,只有这么一盏巨灯照耀着广大的帝国。钱穆先生说,中国文明不一样,中国文明不是只有一盏灯,中国文明是四壁皆灯、满堂皆灯。我们这片大地上星星点点，密布着文明的灯火。所以，钱穆先生说，中国文明气运绵长，有顽强的生命力。当蛮族入侵，打破罗马，铁蹄把那盏巨灯踏灭，罗马文明就垮了，就终结了。而中国文明，五千年来，几经危难，向死而复生，为什么？就是因为，我们不是只有那一盏灯，我们的大地上到处都是灯。长安的灯灭了，洛阳、汴梁的灯灭了，但灯还在，还亮着，星星之火，可以燎原，我们的文明打不垮、灭不掉，生生不息。

这个地方名叫菜籽沟，是天山余脉的一条山沟。据说当年逃难的人们躲到此地，定居生息，种了漫山遍野的油菜，由此得名"菜籽"，这是很家常、很平易的一个名字。在佛经中，形容事物的极微极小，常用的一个比喻就是"芥子"，芥子之微啊，不能再小了。这个芥子也是菜籽，我们的这个菜籽，而且是沟，也正是芥子之微。但是，佛经中还有一个说法，就是，以须弥之高广，纳芥子中，无所增减。须弥就是世界之大，一枚芥子中，可以包容大千世界。我想，钱穆先生所说的中国之灯，也就在这芥子之中。在古代中国，很多很多的村庄就是这样明亮的芥子，它不仅是生活场域，不仅是经济聚落，它还是文化保存、传承和生长的地方。

问题是，这样的芥子，它现在是不是还活着，它还是一盏灯吗？

我想，大家心里是明白的，一座一座的村庄正在塌陷，文化的灯次第熄灭。现在大家都要吃有机食品，但村庄正在变成无机的村庄，它的功能越来越单一，它是世界大棚里的植物、世界工厂的一个偏僻部门，它装不下须弥，它自身也不能发光，它完全笼罩在北上广的灯光下，正在失去它的公共生活、失去自己的记忆，也没有自己的想象。

在这种情况下，想起钱穆先生的话，难免有黍离麦秀、铜驼荆棘之感。昨天亮程带着我们在村里四处闲逛，他告诉我，这里原来有座庙，那里原来有座庙。当然，现在都没有了，神祇远去的村庄。或者说，庙变成了家家屋里的电视，诸神住在电视机里。

文人的感慨苍白无力。我也不过是感慨几句，然后坐上飞机，一飞十万八千里，按下云头，就是巨灯所在的北京。但是，好在还有亮程这样的人，他在菜籽沟，让乌鲁木齐的家荒着，鱼缸里的鱼饿死，他在这里种地、办书院，天天和老乡打交道、喝小酒，他甚至想把消失的庙重新盖起来，他还把画家、摄影家、诗人带到这里，他还办了一个菜籽沟奖。

这样的事意义何在，我看不清楚，看不到它的深处。但是至少，我以为，它可能使一座村庄重新成为一座有机村庄，它成为与外界发生文化交换的有机体，一个活的、有文化生命的地方。在古时，一座村庄之所以成为一盏灯，很重要的原因就在于，它和外界、和中原、和帝都存在有效的文化交换。一个读书人，从这个村里走出去，走得天远地远，但最终，他会回来的，他要携带着一份增值的文化资本回到家乡。这曾经是一种自然的文化循环，就像叶落归根。但现代以来，这个循环被切断了，远处的巨灯召唤着，游子一去不复返，村庄承受单向的、无休止的流失，村庄成为出发之地，而非安居之地。

我们现在面对的，是中国现代性的一个根本命题，一个我们以为是无解的难题。菜籽沟是不是一种解法？我不知道。中国有无数个菜籽沟，却没有无数的刘亮程。但是，这个难题恐怕也没有整体性的解决方案，凡事总想着一服药下去起死回生，这是书斋综合征，得了这个病，人就只会高谈阔论，无法采取任何行动。现在，刘亮程挽起袖子，干起来，摸着石头过河，过得去过不去先迈开腿再说，这本身就是努力地在点一盏灯。他写过《一个人的村庄》，他现在正在写"一座村庄的灯"，未必是写在纸上，而是写在田地里、村庄里。

这里是菜籽沟，小如芥子，中国不在别处，就在此处。照此说来，这个奖是菜籽沟的，是中国的，是最低的，其实也是最高的。

2015年8月31日即席
10月2日据记录稿改定

我们都爱汪曾祺

(12)

在《汪曾祺别集》发布会上

我们都爱汪曾祺。这爱是什么样的爱呢？我不想用"热爱"这样的词，热爱需要足够的热度，至少像炎夏一样的高温才叫热爱；但是汪老这个人，他自己就没那么热，他不是赤日炎炎，我们和他的人与文相处也不需要摇扇子吹空调，所以，这还不是热爱。我们在一个伟大的作家面前，有时是高山仰止的，他是巍峨的山，是凛然的父亲。不知别人怎么样，我觉得我对鲁迅先生的爱就是这样，在他面前有一种敬畏感。——我们对汪老的爱也不是这种爱。

刚才看见汪曾祺书画展上有一幅字，是汪老的打油诗，夫子自道，其中一句是"写作颇勤快，人间送小温"。汪老说的是他自己，他说我作为一个写作者，就是给人间送去小小的温暖——"小温"。我想，我们对汪老的爱就是这种爱，小温，如同冬日正午的阳光那样一种温暖的爱。中国自

80年代以来的读书人,想起汪老的时候,都会有一种温暖的和煦的感觉在心里。

汪老快成我们这个时代的苏东坡了。我们都爱苏东坡,这不是因为我们懂他,没几个人懂他,但是,他就是招人喜欢。我们吃东坡肘子东坡肉,传他的八卦,他使我们觉得,生活本身就是值得过的;或者说,他教给我们在任何情况下,都不放弃生活,都保持着生活世界的活泼生动。一千年来,苏东坡是中国社会各阶层的一个公约数,我们爱他,他教会我们如何生活。

中国文学有义务贡献生活家,汪老也快成"生活家"了。汪老之下,庶几近之的大概还有贾平凹。但老贾和汪老又不一样,老贾身上有"道气";而汪老呢,他没什么道气,他就是家常日用,他的根子还是儒。

这样一个人,本来也没想当生活家,但是80年代初,正值我们生活的世界经历了干涸冰封,汪老来了,人间送小温,我们马上爱上了他。这是对生活的爱,对那些美好有趣的事物的爱,对世间平凡的好男好女的爱，对干净有风致的语言的爱。这种爱是文学的，也是生活的。

总之，我们大家从汪老那里有形无形地领受了很多，受惠于他甚多。对我们来说，他不是高山，不是让我们望而却步、远远仰望，他一直就是那个可爱的老头儿，可以蹲在他身边晒太阳。

这样一个老头儿，已经百岁了。重读二十卷《汪曾祺别集》，我忽然想到，我们其实还是没有好好懂他。汪老守于小，但不要以为他就真的小，他比我们现在所认知、所理解的要大得多、复杂得多。

刚才，当我说汪老是个生活家时，我是在一般的接受视野里看汪老。这样一个视野里的汪老，很像、或者就是一个传统文人，像我们这个时代的苏东坡，这是汪老魅力的一个重要来源。

但是，这不是汪老的全部。汪老不是从宋代从晚明穿越过来的，生当洪流滚滚的 20 世纪，他不是局外人，他是在场者，不仅是被动地在场，也是主动地在场。现代文学时期，他是个"先锋青年"，在新中国的社会主义文学传统中，他是一个参与者，别忘了他是样板戏的执笔者之一，他的才华不是工具，这种才华包含着某种方向，指向新的社会主义美学。当然，对于新时期以来的文学，汪老更具有多方面的重要影响，是一位引领者。在这个复杂过程中，他与现代文学传统、与社会主义文学传统、与民间文化传统的关系，我们还需要更深入地去认识和探讨。在他身上，有一个社会主义的大众、民间向度，然后又演化出了一个传统文人的大众、民间向度，这是非常有意思的事。

这样一个人，他是一，也是多，有多个汪曾祺，不要被一个瞒过去。在他百年诞辰之际，《汪曾祺别集》出版，这是20世纪留给我们的一份重要的文化遗产。纪念汪老，除了表达我们的追怀、我们的爱，更重要的是重启我们向着汪老的探索之路、认识之路，这条路还没完，还很长。

2020年12月13日即席
2021年1月15日改定

为小说申辩

(13)

在万通读书会上

必须为小说申辩，正如我们不得不为诗申辩。问题不在于，这个时代的小说或诗写得好不好，问题在于，在我们的生活中有一种力量正在大行其道。依据这种力量对世界的规划，一切深奥的、复杂的、微妙的、看上去"无用"的没有现实紧迫性的事物，一切令人沉静、柔软和丰富的事物都是可耻的，都必须予以嘲笑和剿灭。在这个世纪之初，这块土地上的人们最热衷的事情之一就是，宣布他们的文学死了，小说死了，诗死了。他们是在欣快地宣布，文学包括小说和诗所包含的那些基本价值正在毁坏和将被遗忘。

自 20 世纪 90 年代以来，文学，特别是小说就在不断退却。小说家和批评家们，小说的编辑者，他们知道小说正在遭遇危机，他们以为他们想出了解决办法，该办法就是要全面地取悦于人。为此他们强调两点：第一，好看。小说一定要好看,而所谓好看,在他们看来就是要讲故事。第二,为了好看,小说要写实。不仅在艺术手法上写实,更要在世界观上"写实"——小说所提供的世界图景、它对世界的看法要和他们想象中的多数人的看法一致,必须合于多数的经验尺度,让大家觉得世界正如所料。

十几年过去了,小说没有得救,小说正在沉沦。为什么?我们如此地讨好你们——在座的朋友们,你们是我们的客户,是我们的上帝,可你们为什么还是不喜欢?

很多人开出了灵丹妙药。他们告诉我们:还不够,这说明小说还不够好看,小说还不够"实"——在媒体上、在各种场合我经常看到和听到这种高论。每当这种时候,我都觉得像是落到了一个发疯的大夫手里,他认为治病不重要,重要的是他的药,他的药是不可能不灵的。

我丝毫不怀疑小说有一个取悦大众的问题,我绝对无意吁请小说回到已被全中国人民深恶痛绝的象牙之塔。我相信,即使谁想这么干,以中国之大，也已经放不下任何一座象牙塔了，用象牙做建筑材料是非法的。我当然认为小说与这个时代的经验有着血肉联系，小说必须正视它和表现它。但是，我认为，小说的颓败主要不是由于它还不够好看和不够"写实"——让我们有点现实感吧，我们得承认，在诸如此类的阵地上，小说已经注定是一个失败者。

我们不妨想象一下，如果明天小说在这世界上消失，小说家们都改行去考公务员——估计他们考不上，那就开一个小书店或小饭馆吧。那么我们会损失什么？我们不会失去故事，我们仍将浸泡在无穷无尽的故事之中，我们也不会失去"写实"，大众传媒已经海量地满足了我们对"现实"的消费。

那么，我们将失去什么？这个问题关乎小说在这个时代的基本价值；或者我们可以换个说法，对此时这忙忙碌碌的庞大人群中的某些人来说，他们需要一个理由：为什么读小说？

现在，我就试着给出理由。

第一个理由，读小说，因为人是会死的。

刚才有一位朋友说他平日喜读经书。我很尊敬他，在我们中间，一个人耐心地读经，他在自己的生活中维持着一个精神向度，他意识到生活和生命有终极意义问题。而这种意识，在我们绝大多数人心中已经失去，或者未曾有过。大家刚才都谈了自己喜欢的书，概括起来不外乎两种：一种是励志，告诉你必须努力，必须打起精神奋斗，否则你以后后悔都来不及；第二种则是告诉你有了志向该怎么办，如何忙活以便走向成功。都很好，都能让我们焦虑心慌，睡不着，坐不住，闻鸡起舞；这两种书都是关于"现在"的，它们告诉你现在最重要，抓不住现在你就失去了一切。这无疑是真理，而且是人与动物共享的真理，一只狗或猫或螃蟹，它的生命也只有"现在"，它对生命的全部感知就是"现在"；而人与狗或猫或螃蟹的一个小小的、但决定性的区别是，人知道自己会死，知道一切都将烟消云散，意识到这一点，他对生活和生命的看法就会复杂起来，他就不得不思考人生意义之类的问题。

这和读小说有什么关系呢？有关系。小说就是一种面向死亡的讲述。任何一部小说——我现在谈论的仅仅是我认为好的小说——无论它写的是什么，不管主人公在最后一页里是否活着，它都受制于一个基本视野：它是在整个人生的尺度上看人、看事，也许小说呈现的是一个瞬间、一个片段，但是，作者内在的目光必是看到了瞬间化为永恒，或者片段终成虚妄，小说在死亡和"OVER"的终极的、整体的视野中考验和追究生命。

这听上去似乎悲观，会让一些老实得像火腿一样的好心人受不了，但这绝非虚无。在我们这个时代，我们的生活方式、经济方式和思想方式的一个根本特点就是，我们努力忘掉自己的死，好像这件事永远不会发生。在传统乡村，一个人正当壮年就置办一口棺材放在家里，一个人的死是一个公众事件，需要举行盛大仪式，死亡充分地进入日常经验和公共意识。但在我们这个现代社会，死亡几乎是一桩隐私，同时，死亡又在电视上、报纸上被不厌其烦地展示。它被展示为战争、灾难和事故的后果，那是人类生活中的偶然，是不该发生的事，特别倒霉的人才会死，死亡不再作为生命中的必然进入我们的意识。

人不知死才会成为虚无主义者，才会否定生命的根本意义。这个时代到处都是亢奋的虚无主义者，我们沉溺于一地鸡毛的重大意义，升官发财包二奶有意义，瘦了三公斤有意义，穿什么衣服、开什么车也有意义，全部生活、你周围的一切都告诉你这个，我们日日夜夜为此奔忙。

我们拒绝思考这忙碌本身，回避终极和整体问题，对我们来说，唯一有意义的就是现在。我们倒真是贴着地面行走，但别忘了，所有哺乳类动物中只有人梦想着飞，飞是对生命的最大肯定，把人固定在地面上，只看见眼前三尺，那是对生命的贬损，是最彻底的虚无。

而小说，它是反抗虚无的堡垒——而且，我相信，就我们的文化的具体状况而言，它可能是最后的、最英勇的堡垒。孔子说，未知生，安知死。小说是知死所以知生，小说相信个人的生命是一个有意义的整体，它反对将人简化为零散的碎片。小说看到"有"，看到我们的欲望，看到围困着我们的物质；小说也看到"无"，看到欲望的尽头和物质的尽头横亘着的死亡，看到人的精神力量。在"有"和"无"之间，我们的生活成为探索"存在"的英勇斗争。

至少自小说有了明确的作者，成为完全的个人创作之后，这个"有"与"无"的问题就是它的根本动力。兰陵笑笑生一开始就知道，西门庆将死于他的欲望；曹雪芹看到了"花团锦簇、烈火烹油"，他同时穿越这一切，看到了"白茫茫一片大地真干净"。即使在民间叙事传统中，这也是一个基本调子，《三国演义》开卷就说："滚滚长江东逝水，浪花淘尽英雄。是非成败转头空；青山依旧在，几度夕阳红。"就是于人世的大热闹之中看出了千秋万岁的大静。

小说为这个世界、为我们的生活所见证和维

护的东西就在于此。小说之所以反抗虚无,就是因为它在死亡在场的情况下检视和求证人生的意义。它告诉我们,人如何选择、行动、死亡而依然自有其意思和意义,人如何向死而生。

——我知道,我可能把小说这件事说得太重了,小说不是宗教,它不能解答终极意义问题,这也并非它的职志。但是,考虑到中国的文化状况,考虑到我们面对着人心和世道的大变而并无多少可用的精神资源,考虑到小说自现代以来建构中国人精神世界的重要作用,我认为,小说的问题不在于它是否将要衰亡,它面临的考验是,如何回到它的精神原点上去,勇敢地面对和处理我们的精神困境,勘破重重幻觉,让我们穿过那些名牌、成功、减肥和口舌之辩的喧闹,直接触摸我们的存在。

与此相联系,就有了读小说的第二个理由:小说保存着对世界、对生活的个别的、殊异的感觉和看法。

这是小说的现代功能,古代的小说不是这样,或者说，小说的原初形态，比如故事、说书不是这样。在故事和说书中，讲述的是对世界和人生的普遍看法，世界就是这样，我们大家都这么认为，没有什么不同意见。好，现在我给你讲个故事，证明这个道理是对的。

但是，当小说演变成个人创作的时候，情况发生了变化。为什么《红楼梦》了不起？就因为曹雪芹说，不对，世界不是你们看到的那样，现在我说说我看到的，人生也不是只有你们认定的那一种，现在我来探索另一种可能。曹雪芹的这种个别看法至今也还挑战着中国人的世界观和人生观，好孩子应该读书上进做官，贾宝玉说，那有什么意思，人生的意义就是和几个冰清玉洁的姐姐妹妹相守着，赏花吟诗喝酒。

——这很没出息啊。现在差不多识字的中国人都是红学家，但我不知道中国人从《红楼梦》里除了学到一点姑嫂勃豀、宫闱谣言之外还学到了什么，他家里要是出个贾宝玉，他会愁死。参加高考，一路考上去，做官发财，然后死掉，有意思吗？大家都说有意思，我对此也不想提出异议，但是，如果没有曹雪芹之类的人独持异议，中国人的精神和文化恐怕早就僵硬而死。

几乎所有的小说衰亡论者都立足于一个事实，那就是小说在现代中国曾经占据着那么重要的地位，但现在这个地位已经失去。但他们忘了，小说在现代史背景下承担的基本使命是，告诉我们对世界的一般的、正确的，或者说已经或即将被广泛认可的认识和想象。而在这个时代，小说已经失去这个功能，年轻人对世界的基本认识和想象肯定不是从小说得来的。正因为这样，小说才得以发展它的特殊价值——小说不是"大"说，它真正回到"小"说，它所提供的不是对世界的一般理解，而是个别的理解和看法。这就好比我们去王府井，大家都知道大路怎么走，但小说家一定要找自己的路——他像一个探险家，他对认识人类事物的新的可能性有不竭的好奇之心，他要设法绘制新的地图。在这张图上，我们熟悉的变得陌生，我们认为一清二楚的事物变得模棱两可，我们遭到挑战和冒犯，但我们也因此看到世界和自我的新景象。

——在这个意义上，小说是一种感受方式，也是一种生活理想。凡拒绝承认生命和生活只有一条路、一种表达的人们，凡不愿让精神僵硬的人们，他们就是小说天然的读者。

但现在的小说是否做到了"小"说，这是另外一个问题。我认为，相当一部分现在的小说家失去了这种勇气和想象力，相当一部分小说家对世界的感受方式和基本看法大概都跟《红楼梦》里的贾政一样，于是我们看到的就是贾政写的小说，给贾政们看。贾政们脾气很大，对生命中任何一种陌生的可能性都会很生气。

所以，就有了读小说的第三个理由：理解他人的真理。昆德拉自卖自夸，对小说有一句非常高的评价，他说，小说是欧洲社会的基石。就是说真正的公民道德要从理解他人的真理开始，没有这个，就没有民主，没有什么公共空间。

前几天看到一篇文章，我觉得很有意思。它

谈的是那些民间科学家们,水变油,炸喜马拉雅山之类,这文章说到最后,总之是"公说公有理,婆说婆有理",你安知人家没理?所以要宽容。我认为这不是宽容,这叫理性休克。人类事务的不同领域有不同的价值取向,科学就是有一个求真问题,讨论的时候"公说公有理,婆说婆有理",但最终我们还是得问:到底谁有理?

现在的问题是,在必须寻求正解的地方,我们都是好脾气的相对主义者;在不必寻求正解,应该宽容的地方,我们都是偏执狂。网上有那么多道德狂热、明辨是非之辈,但同时,伪科学也大行其道。

小说所处理的对象是人类对自身生活和生命的认识、想象和选择,小说家在开始工作时所依据的基本前提,就是理解和尊重他人的真理,鉴赏人性的丰富和有趣。今天来了很多从事心理咨询的朋友,以我的理解,心理咨询的前提与小说不一样。对咨询师来说,有些东西是对的,你搞拧了、不对了,所以你出问题了,那么现在你来咨询，我给你理顺、解开。小说家的关切不在于此，而在于追寻和展现你的真理，小说承认人的无限可能性，人的选择、行动和精神取向如此繁杂，如此差异多姿。小说家的根本热情就是探索你何以如此，求证你的那一套如何形成、如何发展、如何经受考验、如何成立或破产；我们说小说要真实，要有说服力，其实就是小说家进入和领会他人的真理的能力问题。

正因如此，伟大的小说家对人一视同仁，他公正地对待人、对待生活。现在很多评论家把"悲悯"啊什么的挂在嘴边上，好像小说家都该变成圣徒或慈善家，这听上去肯定没错，但却是对小说精神的曲解。一位真正的小说家不会因为你年薪百万，而他是个民工，就鄙视你、同情他，或者反过来，谄媚你、鄙视他。不是的，他只是公正，他不是势利眼，他不会看不起民工，也不会看不起你，在他眼里，你们都是如此特殊和如此具体的人，他在"存在"的尺度上同样对你们满怀好奇之心。

当然，小说有一个价值判断问题，但小说家的价值判断不能先于他对人、对生活的忠直。现在很多批评家直接把文学问题变成了道德问题，他们认为，在人类生活中应该有各种各样的"政治正确"，这套真理必被遵从，必须体现——主要是在小说中和人们的口头上。我理解他们的关切，我一开始即已申明，小说在这个时代的基本价值之一就是必须面对终极意义的焦虑。但小说处理终极意义的方式恐怕并非如道德批评家们所想，小说中的人独自面对上帝，不需要中介，不需要教会，也不需要自以为掌握着道德的道德家——新教的兴起与现代意义上的小说的兴起差不多是同一时段，这并非偶然。小说承认他人的真理，就是首先承认每个人有独自面对上帝的权利，就是承认，在"有"与"无"之间，生与死之间，人有无限的想象和认识和选择的可能。在我看来，承认这种可能才是"大德"，才是对"天"、对上帝的敬畏。

公正、忠直地对待人，理解他人的真理，这

是我们文化中近于枯竭的品质。现在我们号称是一个网络时代，中国人天天在热火朝天地交流，但是，以我有限的网络经验，我们谁也不想公正地对待别人，谁也不想理解他人的真理，我们想的就是我手里拿着"真理"，借此向他人行使暴力——哪怕是语言的和虚拟的暴力。

也正因为如此，小说不会衰亡，小说必会坚持下去，保卫世界的丰富性和人的丰富性。

——如果小说衰亡，我们可能还会失去许多其他的东西，比如记忆，比如沉默，等等。但是时间到了，而且我认为我已经充分阐述了小说必将存在、必将流传的理由。

现在，我们的很多评论家、很多小说家都像庸人一样看待文学的命运，天天对我们念顺口溜：现在的人很忙，生活节奏很快，所以他们不爱看小说了，所以小说必将衰亡。

好吧，我现在说出我的看法：在某种世界观里，小说确实并非必不可少，这与人们是否比一百年前更忙无关。我们完全可以假设一个新世界，这个美丽新世界里没有小说，没有诗歌，没有我们现在很多大胆的预言家们宣称要消亡的东西——在他们看来，哲学可以没有，历史可以只剩下电视剧和微博——很好，我相信，如果这套假设全面实现，丝毫不影响很多中国人的生活，不会影响 GDP 的增长。

但是，前些天当诗歌问题闹得沸沸扬扬的时候，我对记者说：问题的核心是，公众面临着选择，我们如何看待我们的语言？我们是否认为我们只需要做报告的语言、讨价还价的语言、骂大街的语言，而决心抛弃诗的语言？如果我们认为诗的语言在这个时代纯属多余，我们可以把诗这个字从字典中抠掉，这不难。但如果相反，那么我们与其以如此高涨的热情去发现坏诗，不如好好想一想，诗的基本价值何在，它在这个时代如何坚守和传承。

——当然，记者没有把我的话发出去。但这种选择并非什么新鲜事，它一直是任何文明和文化必须面对的基本选择。两千多年前的孔子在当时的人看来完全是个不合时宜的怪物，他顽固地代表一切在新世界里应该消亡的东西，但是，文明和文化的生命就系于这种选择中的勇气和信念。

问题是，小说家们自己是否还对小说怀有信念？他们自己是不是已经不相信小说了？坦率地说，我认为现在还相信小说，对小说的基本价值仍然抱有信念的小说家为数不多。小说的危机其实是小说的基本价值的危机，小说正在并将继续承受怀疑、责难，并且会反复地被宣布死亡——小说死亡的预言在19世纪就已经被人以时代的名义大声说出，但是，我相信，这种怀疑和责难会不断地推动小说重新回到它的基本价值上去，让它重获生机。

2006 年

请给鲁迅先生
做个访谈

(14)

在"巴黎评论·作家访谈"系列图书研讨会上

对不起，迟到了。我要说我刚才就在寒风中蹲在北大门口故意不进来，你们肯定不信。但我刚才确实有一点小盘算，迟到一会儿也许就能把致辞这个环节逃过去。前几天曹文轩老师专门嘱咐我："你要做一个简短的致辞。"昨天樊迎春老师又嘱咐我："你要在前面做个致辞。"我本来是想来聊聊《巴黎评论》，却原来我不是来聊天的，我是作为著名"致辞家"来致辞的。想聊个天怎么就这么难呢？所以，今天堵车我很开心，不可抗力，躲过致辞，进入聊天。结果，还是没逃掉，正好赶上致辞，曹老师的话基本上就等于命运，挣扎是没有用的。

致辞只有一句，就是向九久读书人致敬、致谢。"巴黎评论·作家访谈"系列慢条斯理地陆续出版，时间很长了，第一本应该是2012年，已经是十多年前。这套书差不多是文学人的书房必备，昨天晚上几个朋友吃饭，说起这套书，在座的都有，不一定齐全，但一本两本三本四本总归是有的。所以真是感谢你们出了好书。

现在摆在这里的这一套，说老实话我没有读完，我估计一本一本读完的人也不多。但这个书真不必从头读到尾，摆在书柜里，闲来无事可以随便抽出一本，挑出一篇来读。为了开这个会，我就把第一本抽出来翻了一下。多年前，七八年前、八九年前很认真地读过，但是现在读感觉还是新的，好像没读过一样。昨天翻到纳博科夫那篇，这老先生真是毒舌，访问者问："你觉得读评论家的文章有用吗？"纳博科夫说，还是有用的，如果一个评论家写得好的话，至少可以让人们对他的智力水平和他是否诚实有所了解。大家听听，毒汁四溅啊！接着又问："那你觉得编辑怎么样？"纳博科夫的回答更刻薄，我就不在这里重复了，第68页到69页里有，有兴趣的可以自己去翻。我也算是评论家加老编辑，我看了倒也不生气，没觉得受了冒犯，纳博科夫的"人设"

就是这样，说起很多我们非常尊敬的作家，包括福克纳，包括在座的李洱老师无限热爱的加缪等，纳博科夫也是很不客气的，他认为这些作家被搞得那么"伟大"都是冲着他来的，是精心策划的针对他的大脑的阴谋活动。好吧，我不一定同意他对具体作家的看法，但是我确实也常常觉得必须在大脑里筑起壕沟、架起枪炮。

——重读这样一个访谈，让我意识到纳博科夫的才华中那种强烈的否定性。作为一个作家，他通过一种尖锐的、高度自觉的否定性来确立自己。可能每个好作家都在他的本性中有否定性的一面。很难想象一个作家说起谁都好，见了任何名声显赫的前辈同行纳头便拜。对此纳博科夫也有一个评论，说这就叫"庸俗"。他老先生最恨这种庸俗，他说，"非原创的作家看起来八面玲珑，因为他们大量模仿别人"，"而原创艺术只能拷贝它自身"。

《巴黎评论》以访谈著称，由此我也想起，前几天刷微博时，看见有人转述余华的一个段子。

我没有求证,不知道是真的还是假的。说是有一次访谈中,对方忽然问余华:"你的写作习惯是什么样的?海明威说他每天写五页,雷打不动,你是啥情况?"余华听了很诧异:"啊?海明威说他每天写五页?"访问者说:"是啊,海明威在访谈里说的。"我们的余华老师一激动就脱口而出:"你可不能相信作家的访谈,百分之五十都是假话。"然后又赶紧找补一句:"哦,我这次访谈百分之八十是真的。"我估计,关于海明威每天写多少页的这个传言就是从《巴黎评论》这儿出来的。在我的印象中,根深蒂固地认为海明威每天写五百字,当然是英文单词。昨天重新看了一下海明威这篇访谈,实际上他有一个表格挂在家里,表格上面挂着一个羊头——我不知道为什么挂羊头,反正不是挂羊头卖狗肉的意思。在这个表格上,他每天要记下今天的工作量,以便自我激励。但是访谈中也没有说他给自己要求必须每天五百字,只说他每天要记下工作量,也许四百二十五字,也许四百七十字、五百二十字,等等。我们大家读的时候印象深刻的就是最后的五百二十字，所以说海明威每天写五百字，而到了余华老师的访问者那里，五百字变成了五页纸。

余华老师最近也接受了《巴黎评论》的访谈。我要是访问者我就先问："这次咱们是百分之五十还是百分之八十啊？"当然，这样的访谈，它的标准其实不在"真假"。在这个场景中，一个作家面对一个提问者，同时也是面对公众、面对世界，他在回答我是谁，在讲述他是什么样的作家，他要成为什么样的作家，他不要成为什么样的作家。这个过程主要不是陈述事实，而是一种自我想象和自我建构，他要设法证明自己是一个独特的作家，独一无二，小说家在小说中塑造人物，现在他得塑造自己，在他和他的作品之间构成相互解释、相互延伸的镜像关系。他把自己搞成一个小小的"上帝"，那个大"上帝"没有竞争者，而一个作家却四面受敌，面对无数的竞争者，他得努力说服别人也说服自己。纳博科夫对其他大神小鬼的攻击不过是在滑稽地模仿一神教的上帝，同时严肃地模仿堂吉诃德。

所以，看《巴黎评论》这些访谈，你会对作家的坏脾气有深刻的印象，不仅是纳博科夫，很多作家都在怼天怼地，他们严重缺乏安全感，我猜他们中很多人都在骂骂咧咧地想，我为什么要回答这些愚蠢的问题？我为什么在我的诗、我的小说之外对着这个笑容可掬、不怀好意的家伙谈论我自己？

但是，毕竟他们都接受了访谈，因为这正是他们所处的世界中难以避免的"庸俗"，这恰好是一个不仅要认识蛋还要认识鸡的世界。现在作家访谈在中国也是司空见惯，在座的诸位经常接受访谈，我也别说别人，我接受的访谈都能出一本书了，还得上、下两卷。这种大众媒介上的访谈体，据说就是20世纪50年代从《巴黎评论》开始的，大获成功。当然《巴黎评论》也不是什么大众媒介，但是别急啊，据说很快《花花公子》杂志也搞起了作家访谈。这不就大众了吗？由此传遍全球。

所以，我们所看到的这种访谈，其实是相当晚近的事，在中国应该是90年代开始大行其道的。恰好和市场经济、大众媒体和大众文化的兴起同步，由此也可以看出文化和文学的某些基础逻辑的变化。作家不仅要有作品，与作品同时进入流通和传播的还有他的个人形象、他的"人设"。所以，我们得理解《巴黎评论》里那些家伙的坏脾气，他们是在参加一场他们其实并不擅长的表演，他们之所以成为作家，常常是由于他们无法和世界鱼水尽欢；但是现在，他们还表演起来了，还等着世界的掌声呢，而这个世界如此浩大繁复，它乐于欣赏这份拧巴、这份紧张，如同江河自我欣赏地包容漩涡和回流。

于是，有了这么几大本的"巴黎评论·作家访谈"。刚才我说，这套书不必全读，谁会把辞典从头到尾读一遍呢？但你书柜里总会有一套辞典。对我来说，这套书就是一部辞典，创造者的个性及怪癖的辞典，其中收纳着进入文学和世界的千差万别的态度、路径和千差万别的异想天开。作为一个文学人、一个写作者，也作为这套书里很多作家鄙夷和痛恨的评论家，我觉得把这套书放在书柜里，经常翻一翻是绝对必要的。当我们被惯性和懒惰所支配，当我们舒适地认为文学只有一个面向、世界只有一种可能的时候，我们就应该打开这本辞典，挑几个词条看下去，看看这些又聪明又疯狂的家伙面对世界时千差万别的另辟蹊径，这好比是开启思想的瑜伽或八段锦模式，有助于预防和矫治"葛优躺"。

最后，我忽然想到，中国现代作家就没有人做过这种访谈，因为那时还没有这件事。比如鲁迅，他会书面回答研究者或翻译者的问题，但从没有拉开场子接受媒体访谈。在座的这么多博士，天天研究鲁迅，大量生产论文，很辛苦啊，我建议大家不妨放松一下，做点好玩的事，自己穿越回去，或者让鲁迅穿越到现在，做一场《巴黎评论》式的访谈。十个人、八个人分别做，然后集成一本书，由九久读书人出版。博士们由此成为了剧作家，我们将看到十个、八个关于鲁迅与大众的戏剧。

2023 年 12 月 22 日上午即席
12 月 31 日中午改定

北大人的"旗杆"

(15)

在北大中文系 2017 年毕业典礼上

首先，祝贺同学们毕业！我也特别高兴，能够有机会向北大中文系的老师们表达我的敬意。这些天你们已经收到了那么多学生的感谢，现在也请你们收下一个三十四年前的老毕业生的感谢。谢谢你们，谢谢北大！

对一个毕业三十四年的人来说，感谢北大，是在感谢什么？昨天晚上，我认真思考了这个问题。有人说大学就是为了传授知识，好吧，可是我不是一个好学生，我在北大学到的那些知识，现在不是已经忘掉了，就是已经折旧归零。也有人说，大学赠予我们一段美好的青春岁月，可我十六岁进北大，四年下来，连个恋爱也没谈过，未名湖畔，形影相吊，实在也没那么美好。

但是，我还是深切地感谢北大，感谢北大的老师们，你们真正教给我们的，像烙印一般不可祛除的，是一种气质、一种精神、一种世界观和方法论。

我不想在这里谈论这种气质、这种精神、这种世界观和方法论,已经有很多人谈过了,谈得都比我好。我想说的是,这种精神和气质是无形的又是确切的,以至于你们很多年后依然可以准确无误地相互辨认,就像森林里的动物,凭着气味相互辨认。去年我去参加培训,重做学生,学校有学校的纪律,要求大家好好吃饭,所以每周公布一下吃饭情况。结果第一周有两个人没吃早饭,第二周还是这两个人没吃早饭。这两个人里一个人是我,还有一个人是一位重要的专家。我们两个人互相看了一眼,又看了一眼,我说:"北大的吧。"他就笑了:"你也是。"所以刚才发言的那位家长向同学们提希望,希望大家不要晚睡晚起、不吃早饭,我觉得在这件事上你不能乐观,这个毛病全中国的年轻人都有,但坚持三四十年改不掉,这就很北大了。

当然,不吃早饭很不好,应该改,我今天就吃了早饭。我当然也不是说北大的精神就是灭此朝食、不吃早饭。而是,我和那位校友接着探讨了几句北大人身上的气息，他说，总有那么一股劲儿，藏也藏不住，改也改不掉；我说是的，相当于孙悟空屁股上的那根旗杆。

所以，我们在这里练成了孙悟空，七十二变显神通，但旗杆也藏不住，立在那里；我们在这里获得一盏明亮的灯，它照亮我们的生命和道路，但灯光之下也必有阴影。

这个碍事儿的旗杆、这个阴影是什么呢？今天这大喜的日子、阳光灿烂的日子，我要是用上十几分钟来谈阴影，这未免太像、过于像个北大人了。况且旗杆各有长短，每个人有每个人的阴影。我只能谈几句我自己的。

这么多年来，我特别不喜欢的一件事就是，别人在介绍我的时候拿北大说事。但是人生诸多无奈，就在前天晚上朋友聚会，还有人拿这个说事：李主席是北大毕业的，高材生！人家是好意，我只有默默忍受，尴尬地微笑，简称"尬笑"。但同时我也会绝望地想，有这么夸人的吗？好像我这辈子除了上北大什么都没干，好像我永远走不出三十八年前的那个夏天了。那个时候，刚考上北大，我妈领着我满院子招摇过市，叔叔阿姨们纷纷围观，各种赞叹，此情此景，我猜大家也都经历过。其实我当时不太想上北大，我想上北京广播学院。但我爸我妈都是北大的，对他们来说，世界上只有一所大学，就是北京大学，所以不由分说，把我和我弟相继赶进了北大，还都是中文系。

然而，这么多年来，我自己很少谈论北大和我的北大生涯。北大校庆、中文系系庆，约我写文章，我都赖着没写。今天是第一次作为北大人在公开场合说话。为什么呢？因为我想和这个身份保持一定的距离。是的，北大人很优秀，公众这么认为，客观上也确实如此。但是，我对这个身份也存着担心和警惕。担心什么呢？我担心我会因此自命不凡，失去谦卑礼敬之心。北大教给我的绝不是自命优秀，把外在的身份内化为知识的或精神的傲慢；北大教给我的，是深知世界之大，一己的能力和见识的有限。我也担心，我会成为能知而不能行的人。当走出校园我们就会知道，这世上的事无论多大、多小，都是由无穷无尽的沉闷、琐碎、庸常乃至缺乏意义感的细节构成的，这是生活，是泥泞，很多雪白的鸟都会感到委屈，"拣尽寒枝不肯栖"，也因此他们无法让自己的所知落在地面上。我担心，我会因为被叔叔阿姨们惯出来的优越感而无法与他人、与世界恰当地相处，遵守规则，沟通，合作，坚持原则同时有所妥协，这不是庸俗，这是文明和社会的恒常条件，在这个共性的前提下，个性才是一种值得珍视的价值。我还特别担心，我会成为愤世嫉俗、满腹牢骚的人，我会觉得我心怀理想而处处不尽理想，然后觉得天下对不起我这份优秀，众人皆醉我独醒，陷入廉价的激愤和虚无。

我认为北大之大，就在于它给我们灯，也给我们足够的视野去认识我们身上的阴影。北大人从不缺少自信，但唯其自信，才能谦卑自省。

我感到我这份致辞不像毕业典礼上的祝福，倒像入职教育了。昨天晚上，郑重其事，我专门写了一份稿子。写的时候我一直在后悔，不该答应来的。我也是不知深浅，昨天在网上搜了一下，发现毕业致辞成堆，全是热腾腾的好话，是励志和祝福，是精神和情怀，北大中文系的毕业典礼又这么晚，都7月8号了，人家都放假了，好话、高大上的话都被说完了，鬼子进村，炖汤的鸡都杀光了。怎么办呢？索性就说一点过来人的老实话，不那么高调，不那么慷慨低回，不就是毕个业吗，没必要搞得"无为在歧路，儿女共沾巾"，或者"挥手自兹去，萧萧班马鸣"。你们由此出发，前程远大，这前程不仅是远方的某处风景，更是脚下一步一步的路，祝愿你们走好，一路顺风。

2017 年

听"空山"

(16)

一次想象的讲演

空山不见人，但闻人语响。返景入深林，复照青苔上。

我们先从王维的一首诗说起,这首诗题为《鹿柴》。山本来无所谓空不空，山上有草木、飞禽、走兽、泉水和溪流，山怎么会空呢？但山就是空的，因为不见人。真的一个人也没有吗？也不是，至少还是有一个的，就是说出"空山不见人"的那个人。人不见人，山才是空的，世界才是空的。什么是空？就是无，只有一个"我"的世界空空荡荡。

空山里的这个人，纵目一望，放眼看去，他看不见人，他看见了无。但是，接下来，空山不空了，无中生出了有，因为"但闻人语响"。

"响"就是有，就是不空，我们看不见人，但是听见了人的声音。这个"响"字真是用得好、用得响,一记铜锣一个二踢脚,一下子就热热闹闹、滚滚红尘、一世界的繁花。前些天热播的电视剧《繁花》,里边的一个高频关键词是"不响"。在金宇澄的原著小说中,有人统计过,"不响"用了一千三百多次。还有人说,王家卫改电视剧,把《繁花》改得面目全非,人也不是那些人了,事也不是那些事了。但其实,他抓住了"不响",这就是小说《繁花》的灵魂。"不响"的正面就是"响",没有"响"哪来的"不响"啊?所以,看电视剧,一、二、三集看下来,就觉得吵闹,像屋里飞来轰炸机,炸弹不要钱一样,我不得不调低音量,以免打扰邻居。王家卫是搞电影的,电影中一个至关重要的艺术和技术环节就是声音,他会不知道这个声音太吵太闹?他就是要吵闹,他就是要"响",有了"响",才会"不响"。金宇澄的《繁花》、王家卫的《繁花》,每一个"不响",都是闹市里一个静默的间隙,是不能说、不必说、不知从何说起,是"灯火阑珊处",是"欲辩已忘言",是"此时无声胜有声",是一个"空"、一个"无"。

反过来,"不响"又是八面埋伏,预示着、期待着"响"。"空山不见人",是空、是静,不见人是不对的,"不响"令人心慌。陈子昂登幽州台,"前不见古人,后不见来者。念天地之悠悠,独怆然而涕下"。这也是一大"不响",空山不见人、原野不见人、高处不见人,"百年多病独登台",百年孤独啊。然后呢,陈子昂下得台来,就是蓟门桥,就是北京的三环路,"人语"轰然响起来,这是密不透风的人间、是喧嚣的俗世,把眼泪擦干,投入火热的沸腾的生活,拿起话筒高歌一声:"安妮——"

所以,《繁花》太响太聒噪。这也是没办法的事,唯一的办法就是关掉电视。晚清刘熙载的《艺概》里谈韩愈:"说理论事,涉于迁就,便是本领不济",他认为韩愈的好处就是不迁就。从金宇澄到王家卫,写小说、搞电视剧,不可能不迁就,不可能不考虑我们作为读者、作为观众的感受,但有些事不能迁就,就是要坚持,比如就是要拼命"响",然后"惊起却回头,有恨无人省",在人世人语的大响中听出了"不响",于大热闹中间离出"拣尽寒枝不肯栖,寂寞沙洲冷"。

2023年,中国大众文化一个艺术的和审美的内在机枢,就在"响"和"不响"。年底,我们看了《繁花》,在大响中领会了"不响"。然后,让我们费力回忆一下,在年初,在电视剧《漫长的季节》中,范伟扮演的主人公叫什么名字呢?叫王响,王响在剧中最初是个话痨中年人。他儿子王阳,是个文学青年,王阳站在通往远方的铁轨上,向着他所爱的沈默念了一首诗——我现在忽然想起,沈默这个名字其实是"沉默"、是"不响"。这首诗是这样的:

打个响指吧,他说我们打个共鸣的响指,遥远的事物将被震碎。

面前的人们此时尚不知情,吹个口哨吧,我说你来吹个斜斜的口哨……

现在，我们看到，王响的儿子对着"不响"的女子，念出了一首诗，在"不响"中召唤着"响"。"空山不见人"，那就打个响指吧，"遥远的事物将被震碎"，这个人是要做漫威宇宙里的灭霸吗？但是，这期待着"共鸣"的响指并没有被感知、被回应，空山还是空山，而你必须把山里的人们、"面前的人们"召唤出来，你吹一个斜斜的口哨，像一枚尖利的箭，划破寂静、划破空无，把"人语"的"响"标记在天上，把人召唤到眼前。

正好这两部剧都是关于 20 世纪 90 年代的中国往事。十多年前，在上海的一个会上，我曾经说过，90 年代是一个文化上无人认领的年代。现在，在 2023 年，艺术家们终于来分头认领，他们的路径和方向如此不同，但是，纯属偶然、不约而同，他们都徘徊于"响"和"不响"之间。

这件事还不算完。前几天我去看了贾樟柯刚刚定剪的电影《一代风流》，坐在放映厅里，默默地流了几滴老泪。原来，这也是一部关于"响"和"不响"的作品，逝去的时间、流失的生命，生命中不可追回、不可补救的不甘和悲慨，所有这一切，终究就是我们在生命之响中听出的那个坚硬的不响，或者是，我们在内心寂静的废墟中听出的万物轰鸣。

《一代风流》里，人物面对面的对话极少，能说出来的其实都是不得不说但也并不要紧的。看完了电影，我正好在那天晚上碰见了刘震云，忽想起他在多年前写过《一句顶一万句》，这个书名是什么意思呢？是说一万句的"响"都是枉然，都是废话，我们所期待的，不过是从沉默中、从"不响"中打捞出来的那一句。或者说，一万句的"响"、一万句的重也不过被一句话轻轻地顶住，但顶得住的那一句又是什么呢？在座的朋友们，你们是不是也觉得，生命的要紧时刻，那一句是很难找的？我们这一代人，小时候写作文，动不动就说，千言万语汇成一句话，那句话是个啥呢？现在我们长大了，把栏杆拍遍，把肠子都想瘦了，"汇"不出来啊，千言万语是四面八方千匹万匹的奔马，怎么可能"汇"成一匹马？《古诗十九首》的第一首,"行行重行行,与君生别离",一首诗下来,心心念念、絮絮叨叨,似乎什么都说了,又似乎什么都没说,最后只好是"弃捐勿复道,努力加餐饭"。算了,不说了,努力吃饭,保重身体!这算不算是千言万语汇成了一句话呢?可是这说出来的一句不就是一个深沉广大的"不响"吗?

好吧,我本来并没有打算在这里谈论电视剧和电影和小说。我只是说,如果读过《鹿柴》,我们就知道,"响"和"不响"并非新事,也不是上海话。至少一千二百多年前,山西口音的王维就已经在谛听天地和生命的"响"与"不响",这是中国诗学和美学的一个基础构造。

王维执着于"空山"这个意象,除了《鹿柴》的"空山不见人",还有《山居秋暝》的"空山新雨后"。我们每个人,当"空山"这个词在心里浮现,如一只鸟在天上飞过,它是哪来的呢?你仔细地、耐心地想,很可能它就来自王维,这个词是王维在陕西蓝田辋川山中打出的一个"共鸣的响指"。

"空山不见人",这是一幅画,视觉的世界寂静无声,然后,声音加入进来,听觉被声音打开,"但闻人语响"。在山里,什么样的人语才会"响"呢? 如果是在远处,山林里同行的两个人在交谈,对站在这里望空山的这个人来说,这是不会"响"的,他又不是顺风耳,他听不见。我不知道大家有没有在山里行走的经验,有时真是空山不见人啊,放眼望去,一个人也没有,你走着走着,忍不住打破这空无,就要对着天、对着山喊一声"啊——"。你喊出去,听到的是自己的回声,你知道那是你自己的声音,你自己的声音填不满这个空,渐渐地就消失了,像水化进了水里。但是也许就在远处,有一个人听到了,站住了,这真是"但闻人语响"了。如果是我,我就要忍不住回一声"啊——",这么"啊"过来"啊"过去,都"啊"成一个"阿来"了。——顺便说一句,阿来写过一部小说,就叫《空山》,我一直认为那是阿来最好的小说,比《尘埃落定》更好。也有人嫌长、嫌慢,看不下去,那是因为他的山是满的、他的心是满的,是实心儿的,一点空也没有。阿来写《空山》时,是否想起过王维?他当然想过,我甚至断定,在写整部《空山》时,他最内在的声音就是来自王维,他把《空山》写得无限空、无尽有,这也是王维在《鹿柴》里所做的事。

扯远了,回到"但闻人语响"。这个"人语"不是一般意义上人的话语,不是人在说话,是人的声音,是人最本真的声音:张开嘴,对着空山,喊一声"啊——",我在这里,你在吗?你是谁?这个"你"就是自我之外的他者。在山里,在莽莽苍苍的大自然的旷野里,在无边无际的沉默中,你的本能就是用你的声音寻找和确认他者的声音。一个人在寻找另一个人,不管他是谁,只要他是个人,你就觉得山也不空了、世界也不空了。

这种原初的、本真的声音,有时就是一声"啊——",到了《漫长的季节》里,那就是吹个口哨。我不会吹口哨,小时候走在夜晚的路上,远处忽然飞起一个尖利的口哨,真是又帅又流氓啊。一个大孩子走着走着,忽然寂寞了,忽然一个口哨，对你发出召唤：我在这儿，你在哪儿？

在这样的时刻，喊出一声"啊"的人，吹口哨的人，你就是在搭建一个舞台，一座空山或这个寂静的夜晚成为了你的剧场。我坚信，人类的舞台和戏剧，它的原初的、根本的动机是声音。戏首先是听戏，你站在山野里一个临时搭起的野台子下面，你坐在国家大剧院的后排，或者你身处希腊一座古老圆形剧场的高处，你很可能无法看清舞台上的人长什么样，但是这有什么要紧，舞台上的声音，必定会清晰地抵达你的耳朵。在一些古老的戏剧形式中，舞台上的人常常会戴着面具或绘上脸谱，其中一层隐晦的意思是，你看不见我，"空山不见人"；然后，请听我的声音，让我的声音找到你，在你的耳膜、颅腔、心房中回荡，你在这声音中听到你自己的声音，既陌生又熟悉，你被叫醒、被召唤，你意识到你的有、你的在。你知道，真正的戏剧发生了。

这其实是一个奇迹。一个人与他者、与陌生人、与熟悉的陌生人的相遇，这其实是一个声音事件。"响"是声音,但"大音希声","不响"或无声或沉默也是声音。当人们以声音建立连接时,世界才得以展开,戏剧才真正开始,生活才真正开始。人类形而上的超验体验普遍来自声音,在华夏文明中,天意落为文字,但我坚信,在天意和天意的显现之间、在甲骨之形和甲骨之文之间,一定存有一个失落的声音环节——然后,我们才能理解礼乐之"乐",才能理解某种声音何以从根本上照亮了我们。

在一千二百多年前的那座空山,声音照亮了王维,他听到了人语之"响",但他是王维啊,一个绝顶闷骚的安静男子,他不可能扯开嗓子"啊"回去,他更不可能一个口哨打回去。他只是立在那里,静静地听,听着那声"啊"、那个口哨在空中消失,然后,"返景入深林,复照青苔上"。他看见夕阳照进了深林,他又看见这光照在青苔上。

让我们想一想那个情境,在汉语中有一个词叫"响亮",这个词真是绝妙的一个好词,"响"

是听觉,是看不见的,但"亮"是视觉,是看得见的,是眼前一亮。钱锺书谈"通感",响亮就是耳朵和眼睛相通了,"空山不见人,但闻人语响",人语响时,天地为之一亮,不是那种转瞬即逝的烟花般的亮,不是静态的亮,是微妙的、流动着的亮。王维在这里用的词是"返"、是"复",天光本来已经暗淡下去,但是随着"响"蓦然又亮起来,天光透过繁密的枝叶,探测着林有多深。王维的目光随着天光移动,从树梢到地上的青苔,他看着那被召唤回来的光照在了青苔上,就像暗香潜度,渐渐地洇染开来,青苔绿成了稀薄的阳光下微微动荡的海……

别忘了,王维是摩诘居士啊,这一刻,光的移动不是光动,是心动,不是光照亮了树林、照亮了青苔,而是他的心被那一"响"所照亮。考虑到王维的佛学背景,考虑到佛教在根本上是"如是我闻"的口传的声音宗教,《鹿柴》四句其实就是一条关于声音的偈子,由空到有、由外而内,世界在声音中无穷无尽地展开。

此身在处是空山。本来，今天的主题是"声音与文章之道"，但话从《鹿柴》说起，说着说着迷路了，找不到"文章之道"了。我的本意，是说在我们这个独特的古老文明中，声音是一条依稀隐微的线索，声音不是主流，文章之道是消音的，是无声的，古人所写的，其实是无声的文章。而现代性，在中国，它的一个重要面向是对声音的召唤和声音的觉醒，白话文运动的初衷就是让文章有声，但是，真的有声了吗？声音的现代性走过了曲折的路，现在，至少在所谓纯文学的文章写作中已经是"山重水复疑无路"了。但是，急什么呢？打开手机刷抖音吧，"抖音"这个名字起得真好，这也是通感，是"红杏枝头春意闹"，是"寺多红叶烧人眼"，这个名字无意中透露了终极秘密，这不是视觉的统治，这是声音的胜利，是声音的抖动、痉挛、《科目三》，是声音的盛大狂欢，是人需要一万句两万句三万句……以至无穷句的说和听，是巨大的"响"覆盖和搜寻"不响"。

千万不要误解我的意思,我每天都在刷抖音,我热爱这个"响"的世界。我的意思是,从根本上说,这个世界正在与王维的《鹿柴》相互映照。就在今天早上,我们大家在朋友圈里都听到了一声响指,似乎遥远的和面前的事物将被震碎,OpenAI 发布了首个视频生成模型。什么意思呢?好像是,搞电影的、拍视频的很快要无事可做了,我们可以输入《三体》,然后直接生成影像。但是,小说家们也不必庆幸,他们会是这个即将到来的未来世界的幸存者吗?超级 AI 真的不能生成尽如人意的小说吗?

——我不知道。但我好像已经看见了比"空山"还空的山。万物繁盛,但人还剩下什么呢?你还剩下什么呢?也许,只剩下了你的声音,到目前为止。AI 已经能够生成你的声音,这个声音是你吗?如果不是你,"他"又是谁呢?如果是你,你还在吗?远处传来你的声音,你是回应他还是回应你自己?还是最终,他就是你,你站在这里,听着远处的你发出一声"啊"?这"响"

是不是最终会取消"不响",把人与他者之间、人与世界之间的那个静默的、充满无限可能性的间隙封死为一块浑然天成的巨石?

"空山不见人,但闻人语响,"王维淡漠、超然地说出了一切,"返景入深林,复照青苔上。"他也许是珍惜伤感地看着自己的心在移动,在那片光影波动的青苔上,他不仅看见了不久后的安史之乱,他还漠然地浏览着今天早上的朋友圈。

仅仅因为这首《鹿柴》,我认定王维是伟大的诗人和觉者。他洞彻过去、现在和未来,他甚至暗自指引着一部英剧的创作。这个春节,除了刷抖音,我还看了《年轻的教宗》,那位希伯来-罗马传统下的教宗,那个来自另一个伟大的声音传统的年轻人,他竟对声音怀有深刻的不信任,但终有一日,他不得不发出声音,他必须演讲。那一天,当众人聚集在一起的时候,人们愕然看见,他的座位是空的,他在远处,在众人视线之外,在干枯的树下,发出他的声音。

——他在空山中演讲,我听见他在阳光下发

出安静的声音,他的声音回应着他很可能从来不曾听说的一位中国诗人的声音:

> 空山不见人,但闻人语响。
> 返景入深林,复照青苔上。

2024 年 2 月 16 日正月初七中午定稿

跋

我渐渐喜欢上了这种方式,人们把这叫作"讲演"或"演讲"。对我来说,这就是一种试炼,是与世界建立面对面的连接的考验。人们在等着,我心怀恐惧,怕什么呢?怕台下正在等待的众人吗?他们中也许有熟识的人,但大部分、绝大部分不熟、不认识。他们是陌生人,不要和陌生人说话,因为你不知道他是谁,说话变成了没有导航、没有地图的远行。而你将要面对的不是一个人,而是一群人,他们沉默着,等待着你。这就像在寂静的空山中夜行,你要走出一条路,抵达这山中的每一棵树。

更可怕的是你自己。你发现你是干涸的,你不知道说什么、怎么说。你回到了早年间的噩梦——面对一张考卷,你没有答案,所有的人都等待着看你张口结舌、兵荒马乱,看出这个人是个蠢货。而你作为一个蠢货,所做的最蠢的事就是站在这里,表演一个蠢货。

几乎每一次你都想临阵退缩,你想,你最喜欢的地方其实是在沉默的人群里,无聊地望着台上。你多么想这一切没有开始就马上结束,停电吧,解散吧,让我们各自散去、独自散去,让孤独的人融化进这温暖的良夜。但是,来不及了,必须上去,必须开始了。

然后,就开始了。

就有了这样一本书。

这本书起于声音,它是说出来、讲出来的。多年以来,不知多少次在稠人广众前说话,我偏执地要求自己不写稿子。当然不是不准备,每次都是焦虑的,都会紧迫匆忙地想一想我要讲什么。但是,我不让自己从第一句话想到最后一句话,不让每一句话都事先落到书面上。我把自己驱赶到一种不确定状态,赤手空拳、走投无路、如临深渊,已经站在这儿了,麦克风就在面前。这时,你对自己说,好吧,开始吧,逼迫肾上腺素分泌出来,看看能不能让这装死的、该死的脑子和舌头活过来。行至水穷处,坐看云起时,让风来让云飞。

——对我来说,这是另一种跑步。你其实根本不想跑,散步、坐着、躺着,怎么着都比跑步舒适舒服。但是,你不惯着自己,命令自己跑起来。最初的五百米、一公里天人交战啊,肉身沉重啊,但是坚持,渐渐地,抽丝剥茧了,闪闪发亮了,你的骨头、你的肉都轻了,你飘了。你看着自己奔跑,看着你的声音、你的话一句一句联翩而飞如鸟，你对自己都有点满意了。

　　但怎么可能满意呢？事后我拿到速记稿，即兴的声音化为文字落在书面上，就像大水过去袒露出混乱的河床。声音发生于时间，声音是我们真实的生命，声音一定包含着迟疑、卡顿、含混，声音中带着口水，带着生理性的习惯、生理性的没睡好和累；声音会迷失方向，走着走着不知该往哪去了，于是就浪费时间，原地转圈儿，用废话填平空白；某个瞬间，一个念头冒出来，闪闪发亮，但是它飞得太快，声音来不及追上它，徒留遗憾。声音是时间是生命，不可倒流，不可追回，没有完美的声音，正如没有完美的生命。

　　然后，我就慢慢地在电脑上修改。书面不是时间，而是空间。我们不可能拥有完美的时间，但作为一名建筑师，我们可能拥有完美的空间。这时，事情变得美好舒适，不着急，不焦虑，就像一个导演开始剪辑，一寸一寸地打量我的声音我的话，让逻辑的线条清晰地浮现，让飞走的鸟回来，完美地再飞一遍。这是在写文章，是在盖房子，但是，这又不同于一般的写文章——一般的写文章，没有对象、没有声音、没有现场；现在，当你行进在这篇文章里，你是在回到、重现那个现场。那是一个更完美的现场,没有了迟疑,没有了混乱,你的声音流畅地指引着你,如同一名指挥家。你注视着人群,或者人群中某一个人,你在和他或她或他们对话,你让话一句一句地说出来,用声音和话搭建一个完美的花园,你和他们一起在其中漫游、盘旋。

——这是我特别喜欢这种方式的原因。先说话,让声音流淌,然后在书面上修改完善。把时间再过一遍,把生命再经历一次。更完美的一遍和一次。

于是,就有了这本小书。

书名叫《空山横》。没有什么特别的含义,只是,在起名字的焦虑中,忽然想到了王维的《鹿柴》:"空山不见人,但闻人语响。返景入深林,复照青苔上。"

2024 年 1 月 21 日中午

图书在版编目(CIP)数据

空山横：讲演集，关于文学关于人 / 李敬泽著.
—— 南京：译林出版社，2024.7
（李敬泽作品）
ISBN 978-7-5753-0113-8

Ⅰ.①空… Ⅱ.①李… Ⅲ.①演讲 — 中国 — 当代 — 选集 Ⅳ.①I267

中国国家版本馆CIP数据核字（2024）第072623号

空山横：讲演集，关于文学关于人　李敬泽 ／ 著

策划编辑	袁　楠
责任编辑	张　睿
装帧设计	马仕睿@typo_d
校　　对	施雨嘉　张　萍
责任印制	闻嫒嫒

出版发行	译林出版社
地　　址	南京市湖南路1号A楼
邮　　箱	yilin@yilin.com
网　　址	www.yilin.com
市场热线	025-86633278
排　　版	南京新华丰制版有限公司
印　　刷	南京爱德印刷有限公司
开　　本	787毫米×1092毫米 1/32
印　　张	7.375
插　　页	6
版　　次	2024年7月第1版
印　　次	2024年7月第1次印刷
书　　号	ISBN 978-7-5753-0113-8
定　　价	58.00元

版权所有·侵权必究

译林版图书若有印装错误可向出版社调换，质量热线：025-83658316